2022. 3. 24 littlebibu
감사합니다.
오늘도 편안한 하루 되시길 .

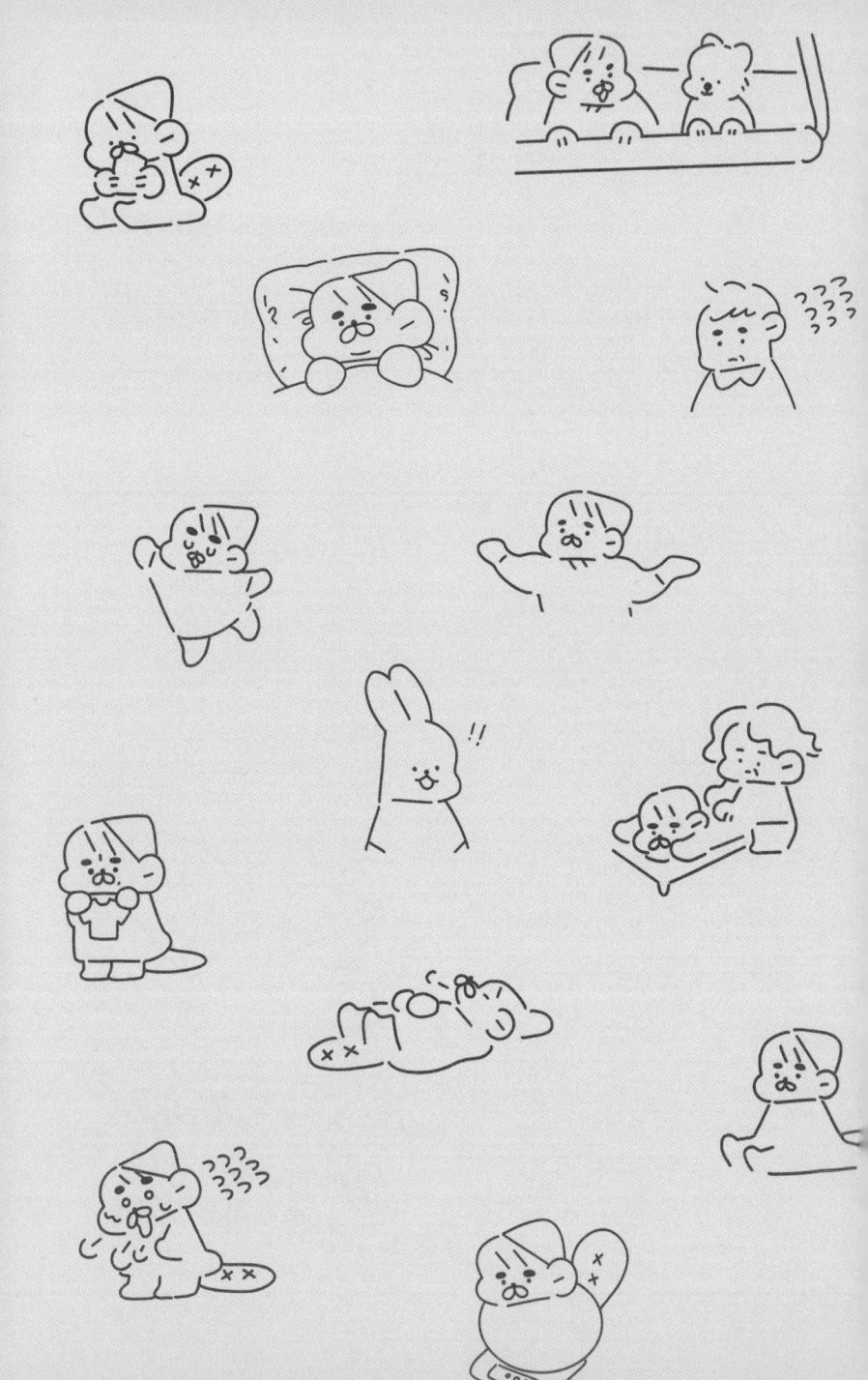

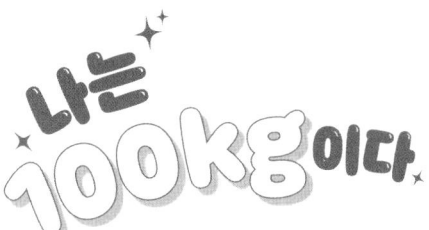

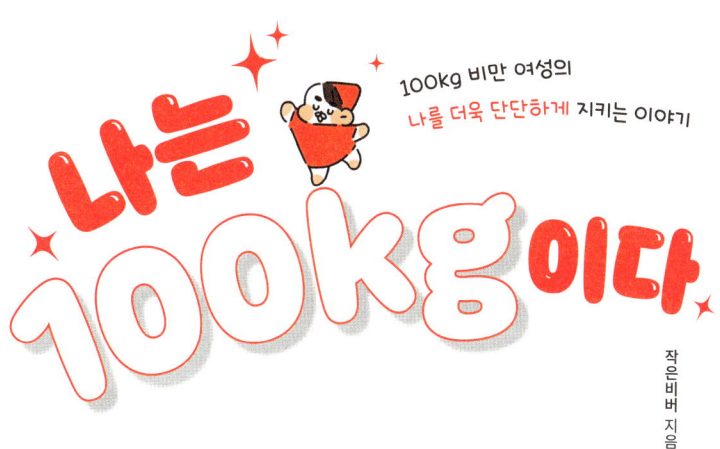

나는 100kg이다

100kg 비만 여성의
나를 더욱 단단하게 지키는 이야기

작은비버 지음

CYPRESS
사이프레스

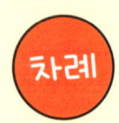

차례

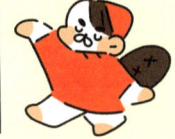

PART 1
100kg이 되었다

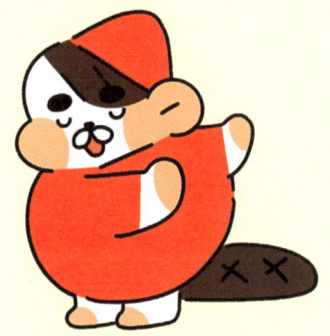

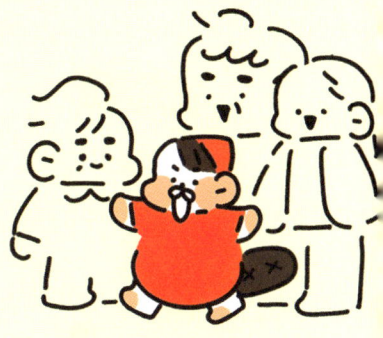

PART 2

100kg의 주변에서

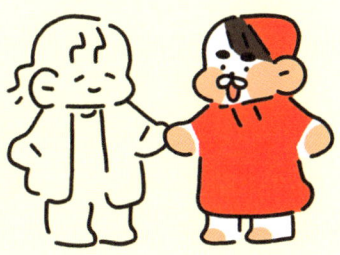

100kg의 몸

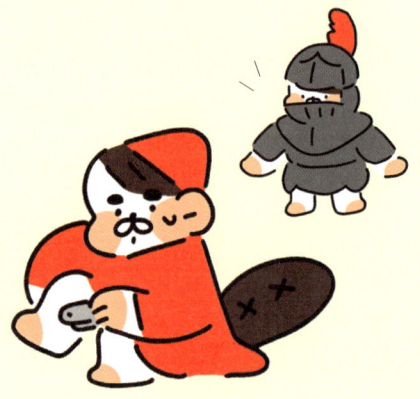

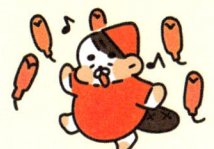

내 앞니는 아주 어릴 적부터 토끼 이빨처럼 생겼었다.

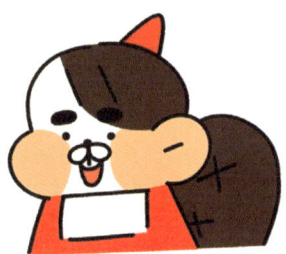

그래서 체구가 작을 때는 토끼나 다람쥐로 불리다가

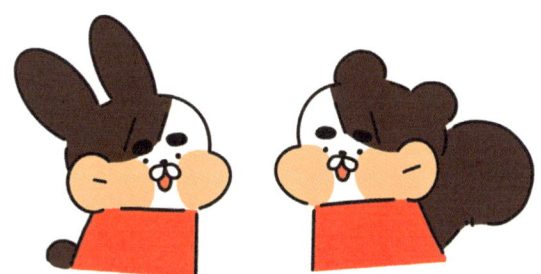

살이 찌고 나니 비버가 되었고
그 별명이 마음에 들어서 (키가) '작은비버'로 필명을 지었다.

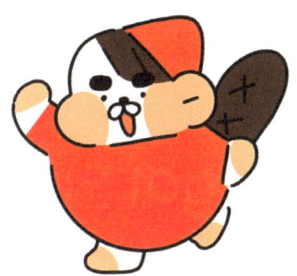

그런 비버의 이야기, 지금부터 시작합니다.

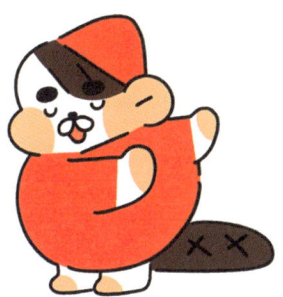

PART 1

100kg이 되었다

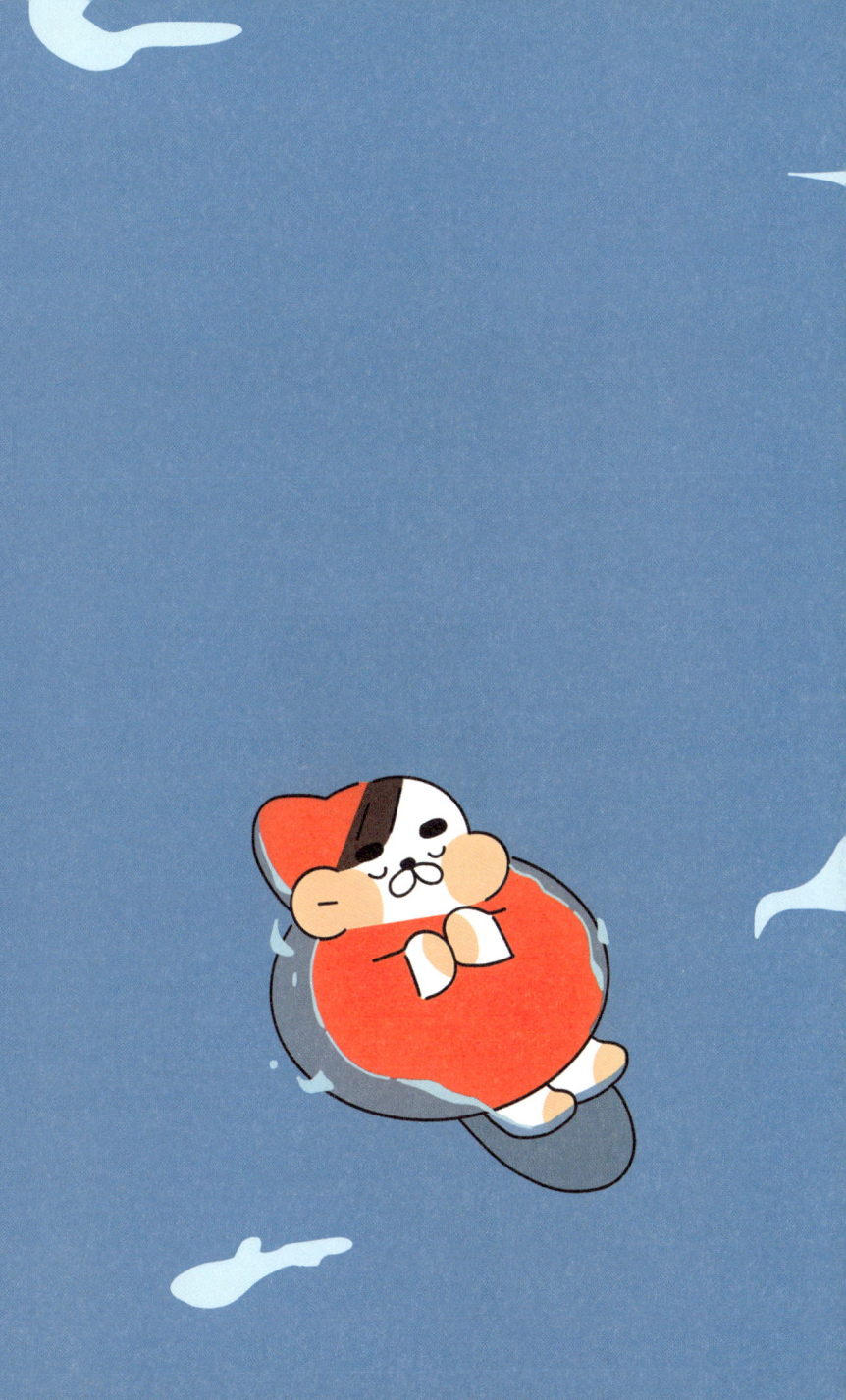

눈
깜
짝
할
사
이
에

100kg은 생각보다 빠르게 찾아온다.

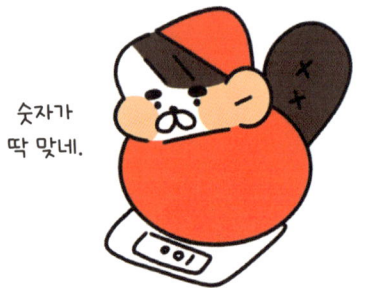

숫자가
딱 맞네.

이미 어느 정도는 예감하고 있었다.
내가 생각하고 싶지 않았던 숫자에 발을 들이밀게 될 것을.

곧 100kg이 될 것이라는 예감은 있었는데
애써 부정하고 있었다.
100kg이라는 무게는 TV 속에나 있는 거라고.

하지만 엄청난 변화 없이, 생각보다 빠르게, 아무 날에
맞닥뜨리고 말았다.

크게 충격적이지도, 일상이 뒤흔들리며 변하지도 않았고
부모님의 한숨이 늘었다는 것 정도를 체감할 수 있었을 뿐.

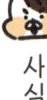

사
실

100kg이 넘었다.

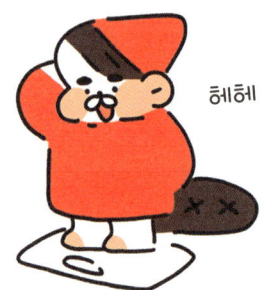

헤헤

100kg이 되면 이렇게 될 줄 알았는데

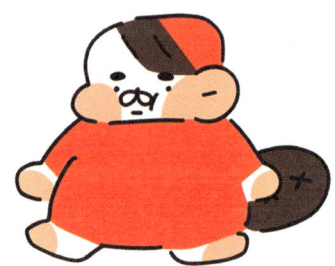

이 정도였다.

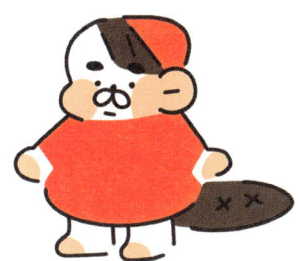

주변의 거의 모든 사람들이 헬스 트레이너가 된다

엄마 옆 침대의 간병인에게

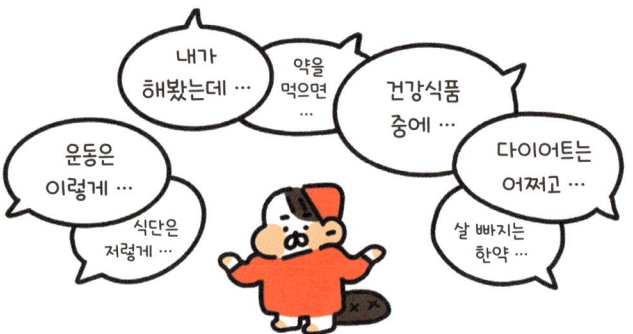

다이어트 약을 추천받았다.

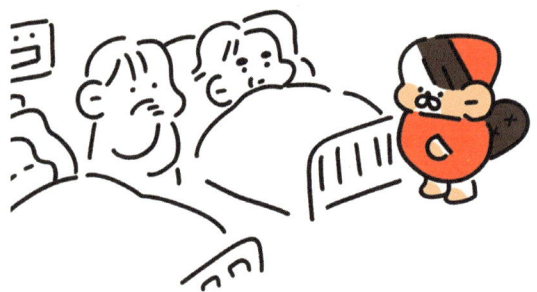

왜 내가 그 다이어트 방법을
생각하지 못했을 거라고 여기지?

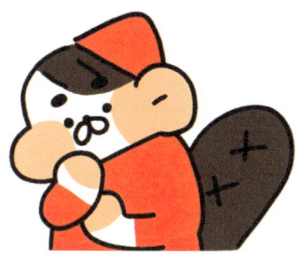

나는 40대도 기다리고 있는데

10~20대에 살을 빼지 않으면
실패한 것처럼 여긴다.

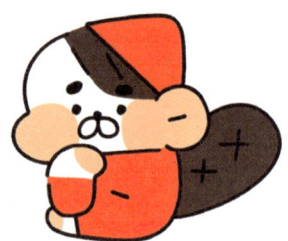

△

'자기 관리에 실패한 사람',
'살이 저렇게 찔 때까지 아무것도 안 한 게으른 사람'.
사람들은 벌써 내가 크나큰 실패를 했다는 듯 안타까워한다.

내 실패를 고쳐주려는 사람들이 가리키는 것은
젊고 마른 몸이다.
그 마른 몸의 건강 상태에 대해 무지하고 관심도 없지만
자신이 보기에 좋은 몸을 요구한다.

몇 년 전까지만 해도 나 역시 마른 몸을 간절히 원했다.
그게 정답인 줄 알았으니까.
지금은 온전히 내 일에 집중할 수 있는 '건강한 몸'을 원한다.
고도 비만이거나 마르거나 엄청난 근육질의 몸이 아닌,
내가 원하는 만큼 푹 자고 일할 수 있는 체력을 갖춘 몸.

지금부터 운동을 시작하면 언젠가는 체력이 좋아질 수 있겠지.

그렇게 40대를 지나 50대, 60대를 넘어서도
할머니가 될 때까지 그림을 그리며 살기 위해
평생 쓸 체력을 차곡차곡 저금해나갈 것이다.

택
시
아
저
씨

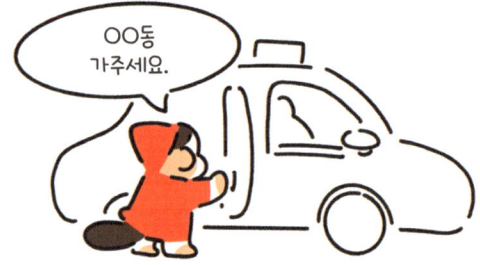

OO동
가주세요.

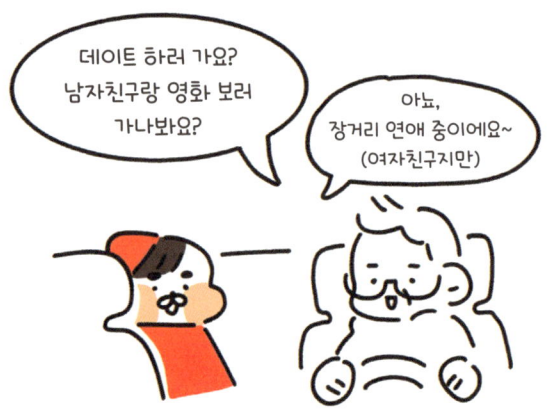

데이트 하러 가요?
남자친구랑 영화 보러
가나봐요?

아뇨,
장거리 연애 중이에요~
(여자친구지만)

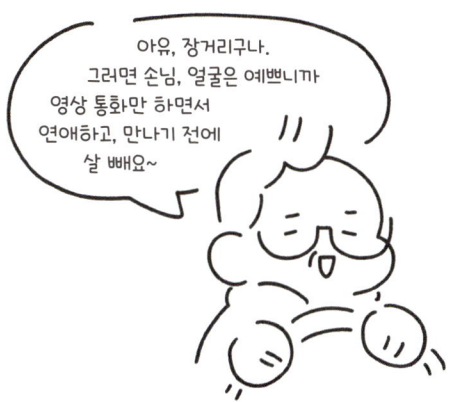

아유, 장거리구나.
그러면 손님, 얼굴은 예쁘니까
영상 통화만 하면서
연애하고, 만나기 전에
살 빼요~

아저씨의 경동맥을 보고 있는 건 난데, 말조심하시지….

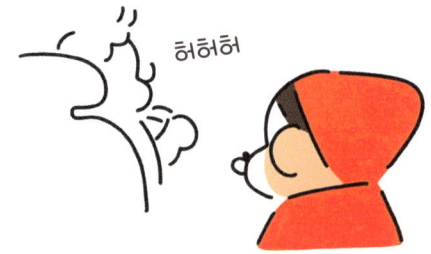

허허허

알게 된 지 한 달이 채 안 된 치과의사가
살을 빼라고 몇 번이고 이야기를 하더니

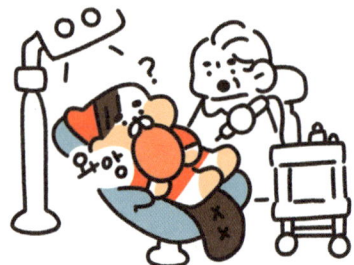

분명히 건강에 이상이 있을 거라며
병원 예약을 잡아버렸다.

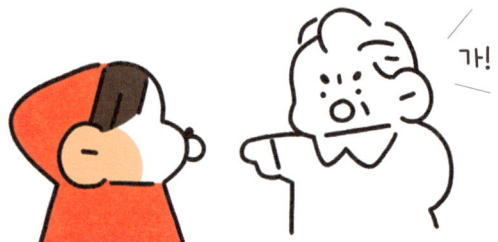

검사 결과는 모두 정상이었고,

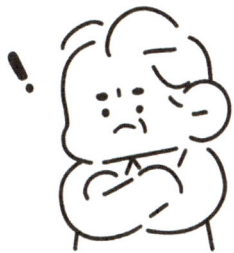

치과의사는 "그럴 리가 없는데…"만 반복했다.

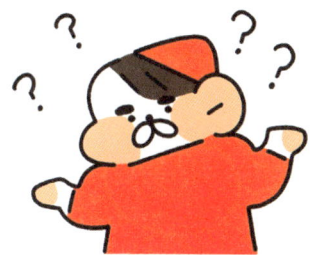

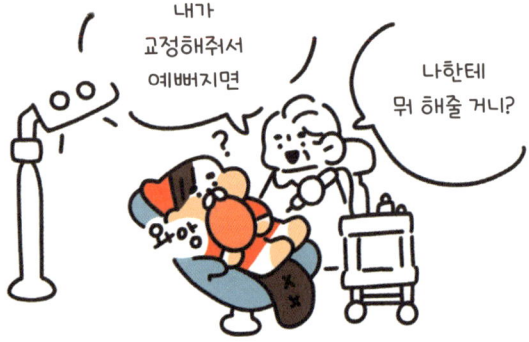

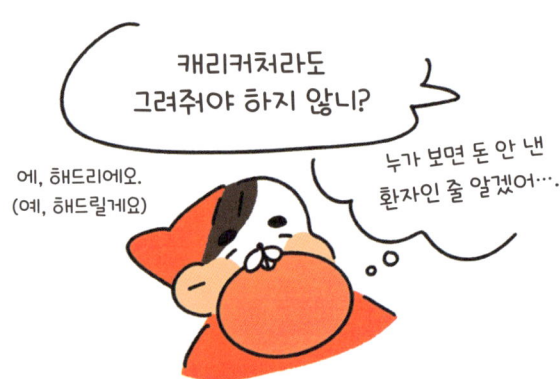

나
도
내
가
둔한
줄
알았지

누가 예민해 보이고,
누가 무던해 보이나요?

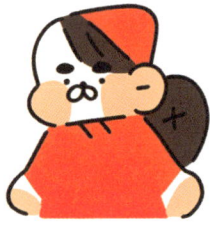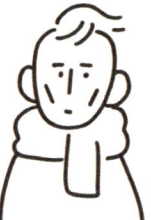

정답은 둘 다입니다.

아이고
화병 난다!

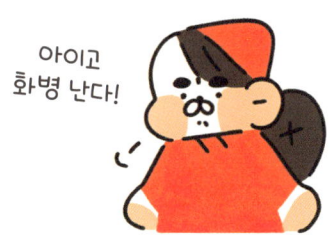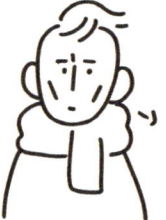

똥똥한 사람은 순하고
무던할 것이라는 이미지가 있다.

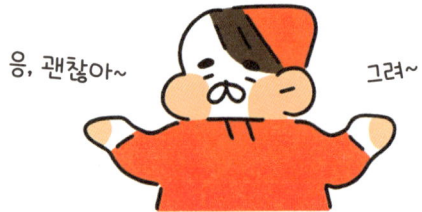

응, 괜찮아~   그려~

나조차도 스스로 무던한 사람인 줄 알았다.
의사의 말을 믿지 못할 만큼.

스트레스가 굉장히
심하네요.
기질적으로 예민한
체질이에요.   오잉?
제가용?

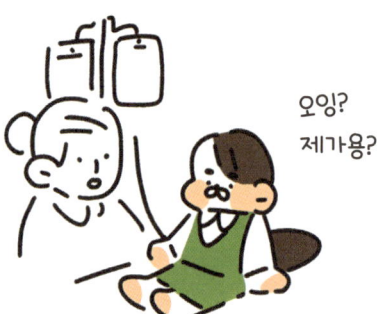

뚱뚱한 사람도 예민할 수 있고, 예민해도 된다.
이걸 알기까지 너무 오래 걸렸다.

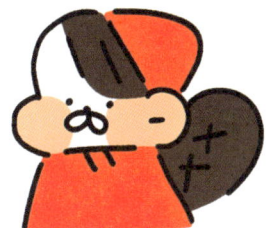

다이어트 중입니다만

저는 다이어트 중입니다.

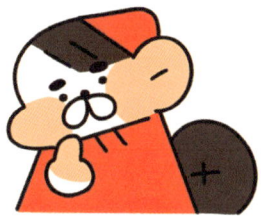

참견을 받고 싶단 말은 아닙니다.

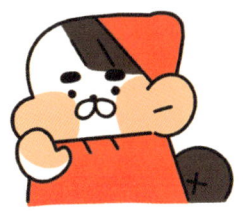

▲

100kg이라고 해서
다짜고짜 평가한 뒤 조언을 가장해 전하는 오지랖을
받아도 되는 사람,
받아도 괜찮은 사람이 아니다.

다정한 척하는 참견과
다정한 조언을 구별할 줄은 안다.

언행일치 좀

마사지를 해주고

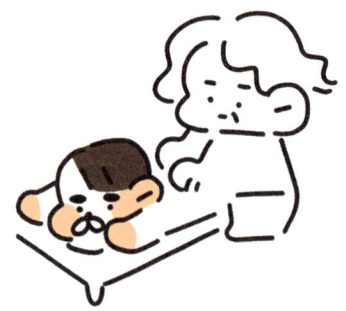

한약을 공급해주고.

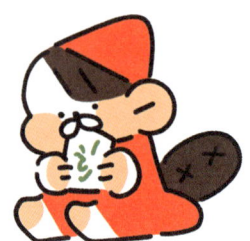

▲

어릴 때부터 가깝게 지내던 교회 이모는
내 건강을 염려해서
종종 다이어트 한약을 지어주시고
1년간 마사지를 해주셨다.
이모 말고는 실제로 조언을 행동으로 옮긴 사람은 없었다.

조언과 참견은 구별하기 어렵지만
아예 구별 못 할 일도 아니다.

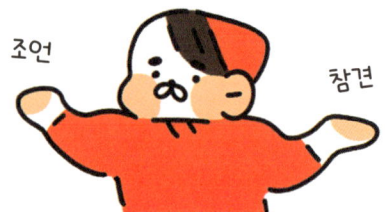

조언

참견

조언은 상대에게 도움이 될 일을 전하는 것이고,

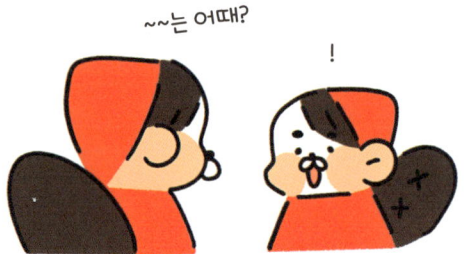

~~는 어때?

!

참견은 자신이 못 참아내지 못한
불편함을 전하는 것이다.

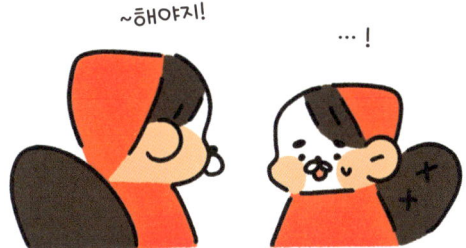

기억에 남는 조언과 참견

내가 겪었던 일들 중 차이가 너무 두드러져서
기억에 남는 조언과 참견이 있다.

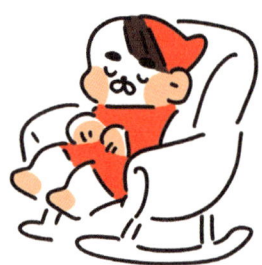

조언은 1년간 마사지를 해주던 이모가 해준 말이고

남들 눈에 예쁘고 말고가
문제가 아니야.
네가 힘들잖아.
힘내보자.

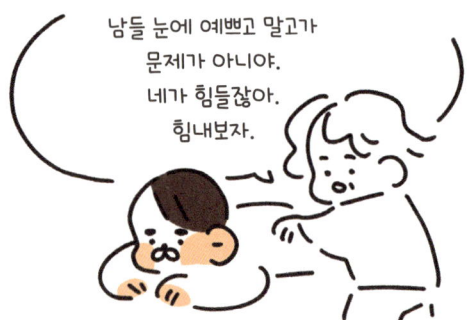

참견은 내가 입은 옷에 따라 말이 바뀌던
치과의사가 한 말이다.

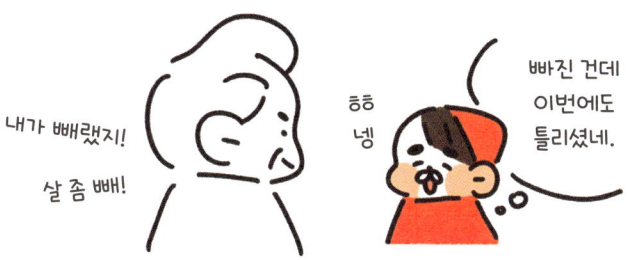

차이가 보이나요?

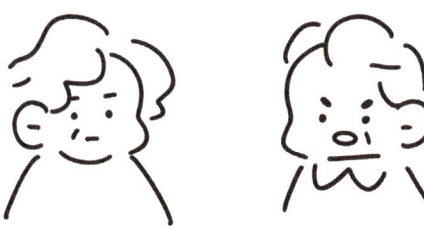

아 무 의 미 없 는 길 가 의 돌

비만인으로 살면
생각보다 더 많은 참견을 받는다.

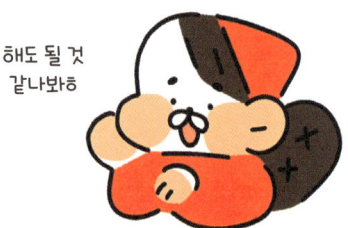

해도 될 것
같나봐ㅎ

내게 중요한 사람이라면
차근차근 이야기하고 설득하지만

아빠, 나는…

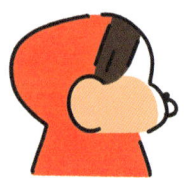
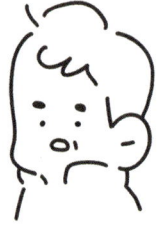

대부분은 길가의 돌처럼 느껴져서

넹~ㅎㅎ

노력할게용~!

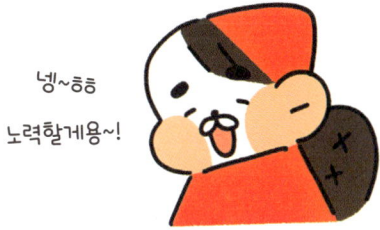

대충 웃어넘기고 만다.

살 문제로 가장 상처를 많이 준 건
역시 가족이다.

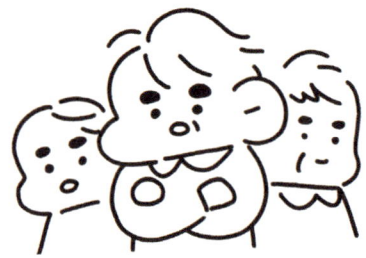

엄마는 한참 살에 대해 폭언을 한 후 말했다.

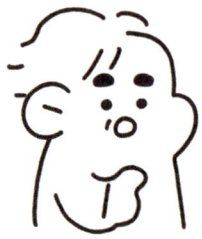 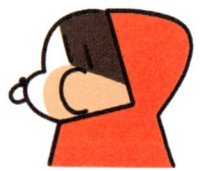

"네가 상처받는 걸 보고 싶지 않아서 그래.
예방 주사를 놓는 거야"

방
해
나
하
지
말았으면

하도 가족이 빼라 빼라 해서 헬스장에 갔다.

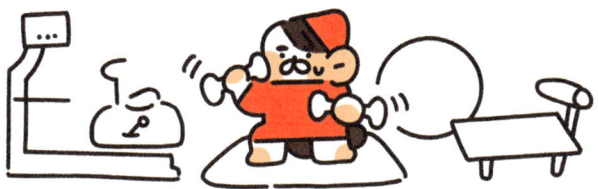

아빠와 동생은 나를 데리러 오며 치킨을 주문했다.
그리고 내가 먹는지 내기를 했다고 한다.

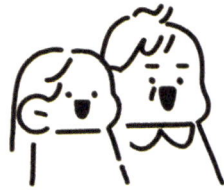 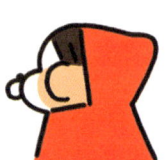

그날 저녁 메뉴는 치킨이었다.

치킨, 맛있네.

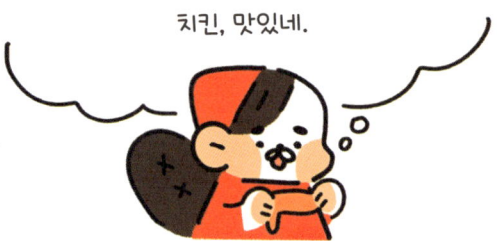

나는 자존심도 없나 보다.

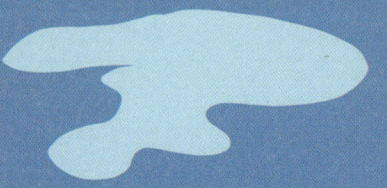

PART 2

100kg의 주변에서

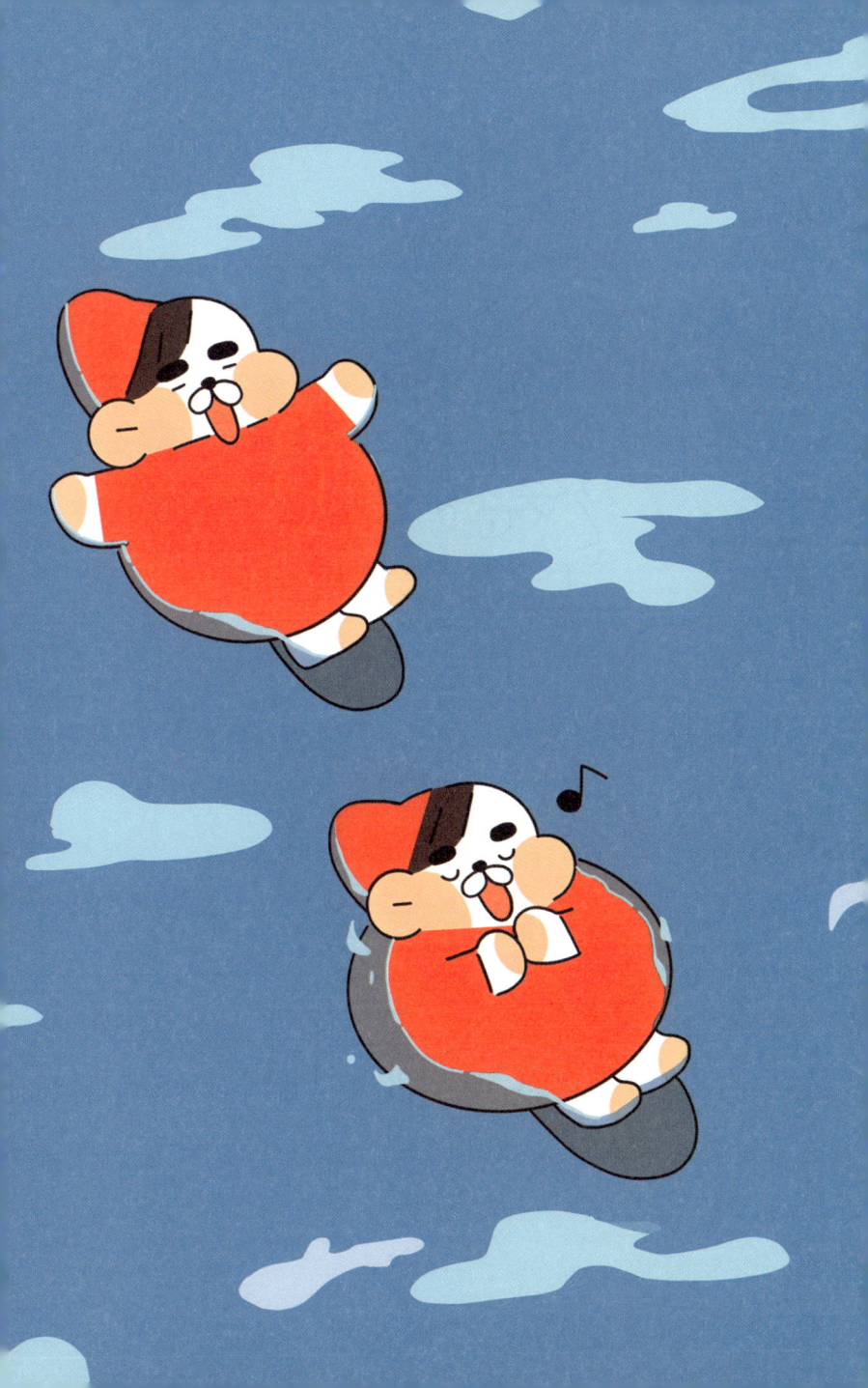

내 자존감을 산산조각 내는 것도 가족이지만
내 마지막 안전한 곳도 가족이다.

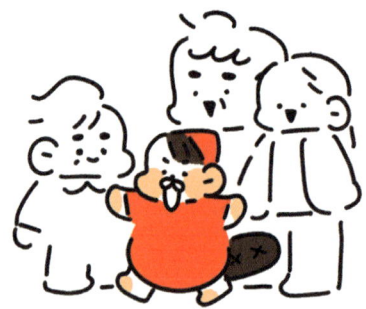

나는 아주 어릴 적부터 우울증이 있었고
20대 초반에 약을 먹기 시작했다.

1시간 동안
안 울게
약을 주세요.

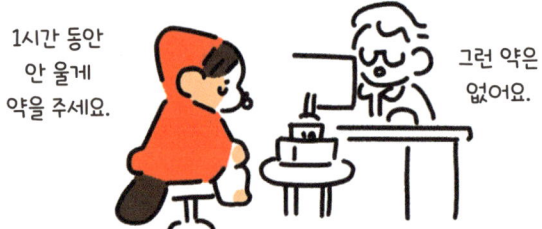

그런 약은
없어요.

남과 다르다는 불안감,
언제 끝날지 모르는 병의 약값.

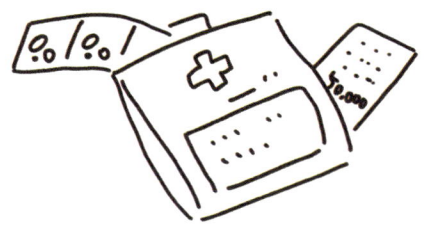

어느 날, 한참 고민하다가
엄마 옆으로 갔다.

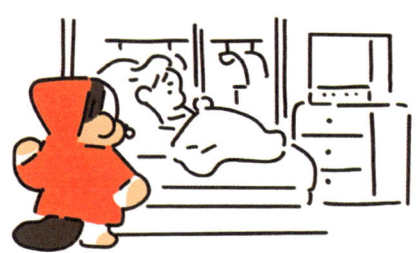

두서없이 말을 늘어놓았다.

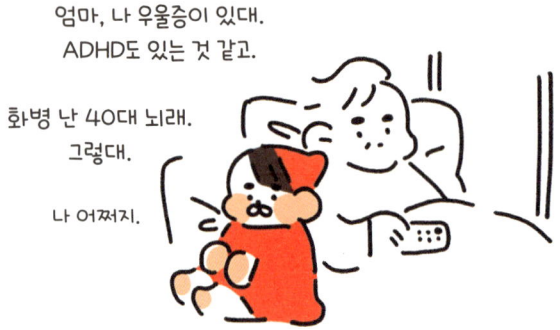

엄마, 나 우울증이 있대.
ADHD도 있는 것 같고.

화병 난 4O대 뇌래.
그렇대.

나 어쩌지.

엄마는 큰 문제가 아니라는 듯 이야기를 했다.

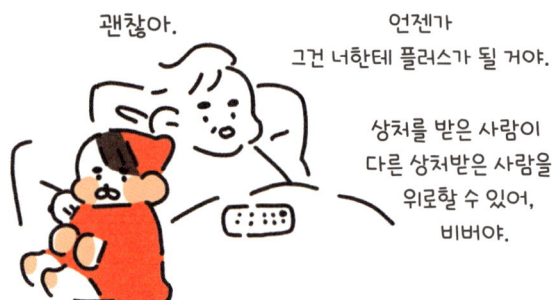

괜찮아.

언젠가
그건 너한테 플러스가 될 거야.

상처를 받은 사람이
다른 상처받은 사람을
위로할 수 있어,
비버야.

내 문제는 사라지지 않았지만 그게 무슨 상관일까?

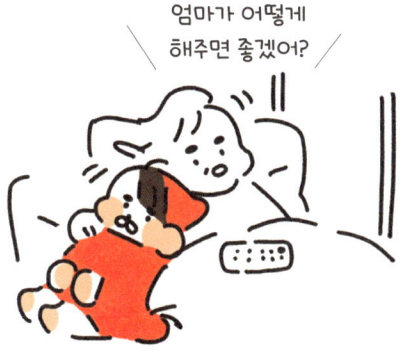

엄마가 있는데.

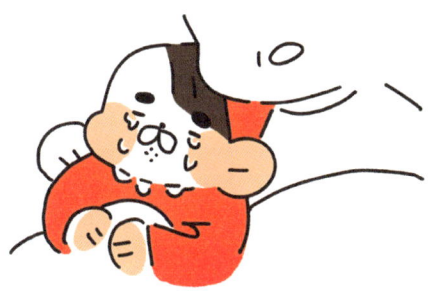

엄마, 나 짤려 부럿다 !

건강이 안 좋을 것 같다는 오해로 해고되었다.

따 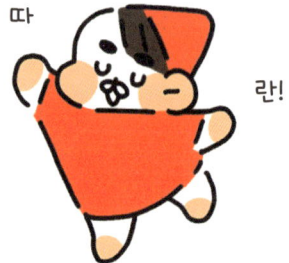 란!

나는 바로 엄마와 상담했다.

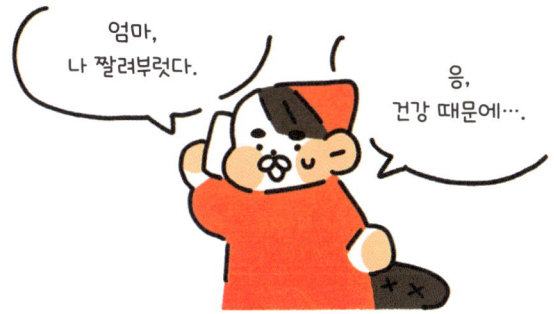

엄마는 차분하게 말을 이어나갔다.

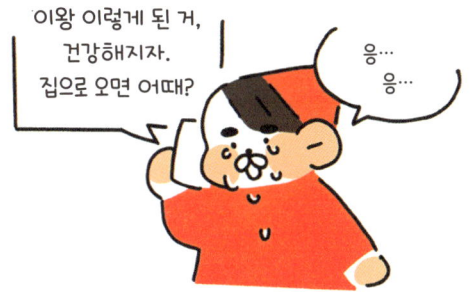

불안과 슬픔이 씻겨나가는 동시에
내가 쓸모없는 사람이 된 것 같았다.

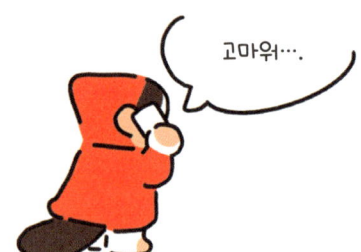

전화를 하는 내내
"응…"
말고는 다른 말을 할 수 없었다.

알 고 는 있 지 만 역 시 나 무 서 운 것

건강은 '언젠가 챙겨야지'가 아니라는 걸
알고 있었는데 영영 잃을 뻔했다.

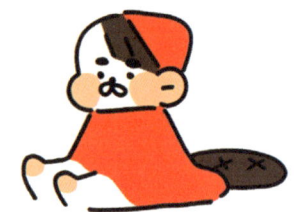

이미 20대 후반인데 나는
돈도 없고 집도 없고 직장도 없다.

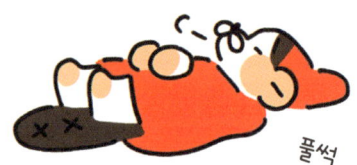

풀썩

다른 사람들처럼 직업을 위해 쌓아둔 커리어도 없고,
작가로서 자리를 잡지도 못했다.

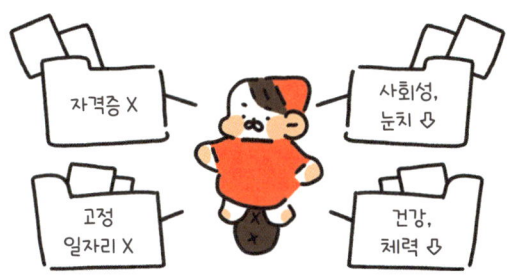

앞으로 더 흘려보낼 시간이
무서워졌다.

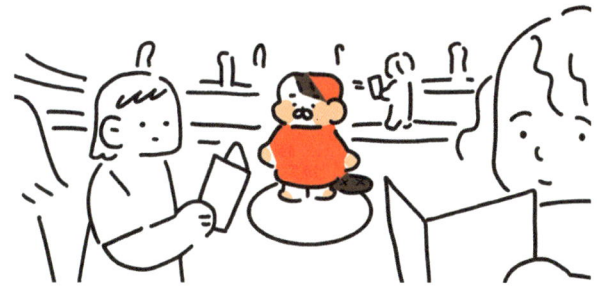

미래에 대한 고민을 듣고

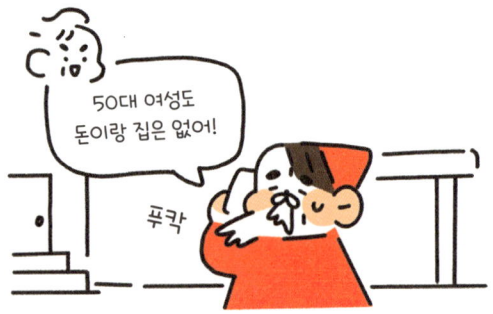

50대 여성도
돈이랑 집은 없어!

푸각

부모님은 나를 달래주었다.

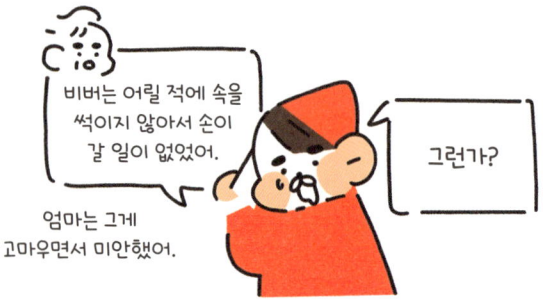

비버는 어릴 적에 속을
썩이지 않아서 손이
갈 일이 없었어.

엄마는 그게
고마우면서 미안했어.

그런가?

그냥

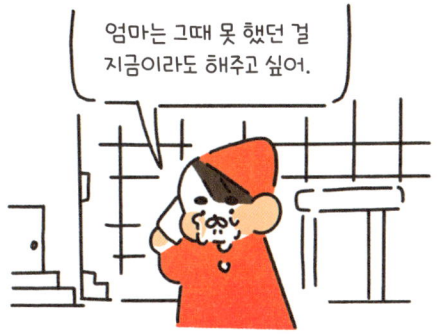

너무 고마웠다.

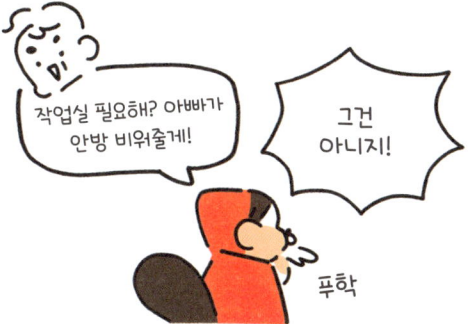

회사에서 잘린 일로 속상해하는 나를 위해
엄마는 자신의 소중한 예수님을 꺼내어
나에게도 그가 있음을 알려주었다.

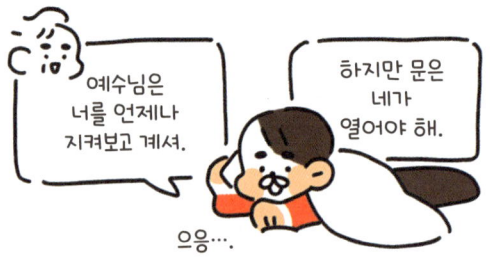

예수님은
너를 언제나
지켜보고 계셔.

하지만 문은
네가
열어야 해.

으응….

엄마의 이야기를 듣고

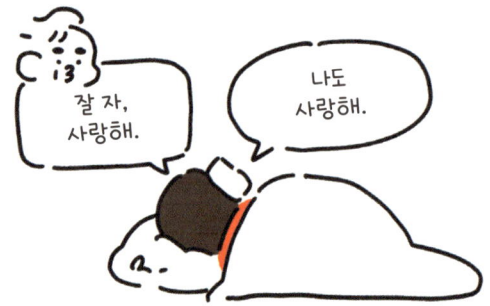

잘 자,
사랑해.

나도
사랑해.

나는 해고보다 더 무서운

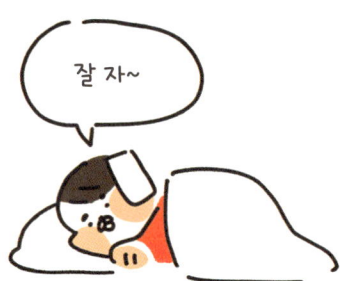

어릴 적부터 입 안에 가둬놓은 질문이 떠올랐다.

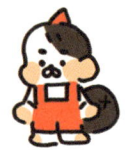

엄마가 바라는 것

엄마는 나에게 바라는 것이 많지 않았고
화도 별로 내지 않았다.

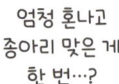

엄청 혼나고
종아리 맞은 게
한 번…?

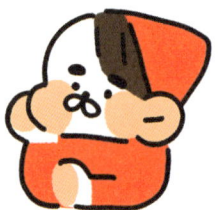

아니, 엄마가 바라는 것은 사실 하나뿐이었다.
내가 예수님을 받아들이는 것.

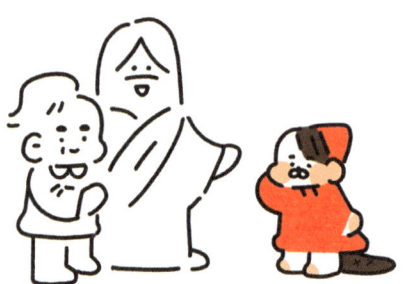

엄마에게 예수님은 마음의 기둥이자
가장 좋은 것이어서

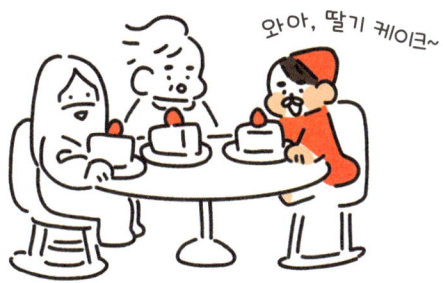

와아, 딸기 케이크~

본인의 생에 가장 좋은 것인 예수님을
나에게 주고 싶어 했다.

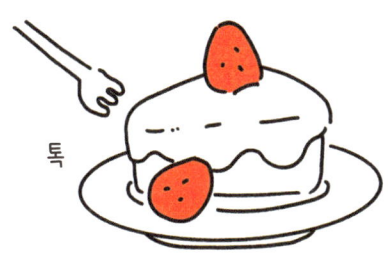

톡

교회의 첫아기

나는 교회에서 자랐고,
교회의 첫 번째 아기였다.

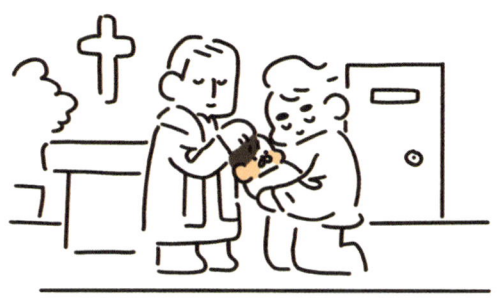

교회의 많은 분들이
나를 함께 키워주셨고

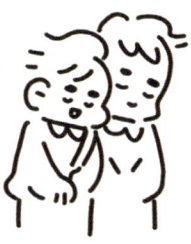

잘 부탁드려요.

감사합니다.

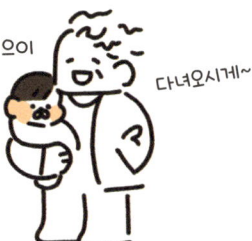

으이

다녀오시게~

(출근하며 맡기고 퇴근할 때 찾아가기)

모든 사람이 나를 사랑하리라
믿어 의심치 않았다.

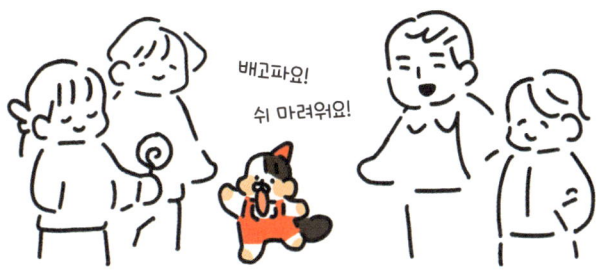

하지만 나는 점점
교회가 불편해졌다.

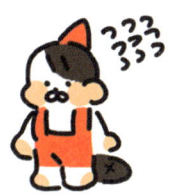

어릴 때부터 싹쑤가 파랗던 레즈비언

나는 동성애자다.

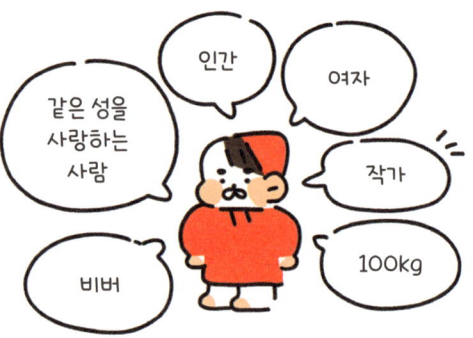

지금 생각해보면 아주 어릴 때부터 그랬다.

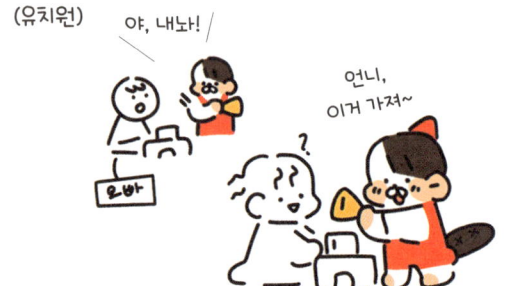

남자친구도 사귀어봤지만

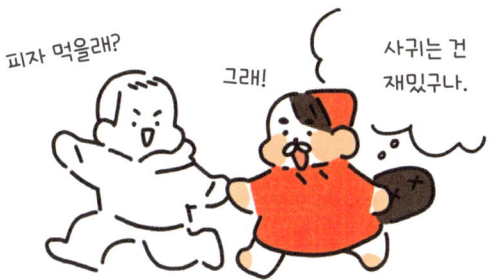

여자를 사랑할 때와는 비교가 되지 않았다.

(방금 싸움)

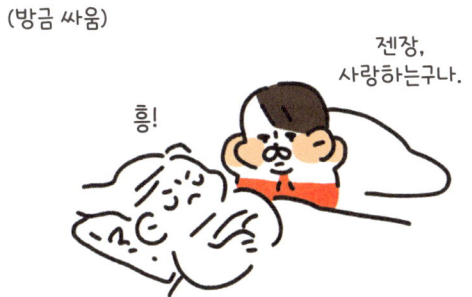

당신이라면 듣고 싶을까

기독교는 대부분
동성애를 죄라고 말한다.

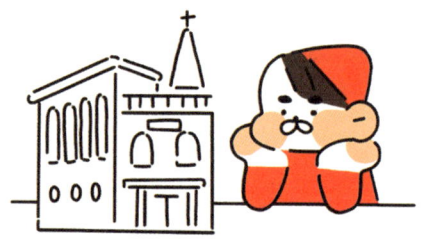

내 삶이 죄라는 말을
일주일마다 듣고 싶지 않았다.

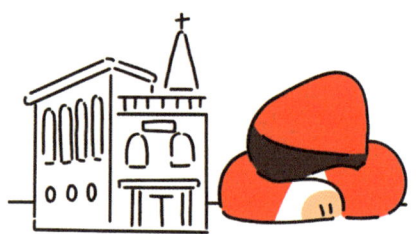

어쩌면 당연히 할 수 있어야 할 일들

내가 사랑하는 사람을
가족에게 소개하고 싶었다.

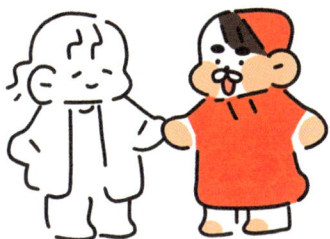

아빠가 동생의 남자친구에게 그랬듯
내 여자친구에게도 밥을 사주면 좋겠고

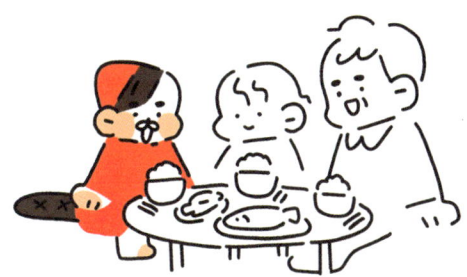

엄마가 보기에 이번에 사귄 여자친구는 어떤지
함께 이야기를 나누고 싶었고

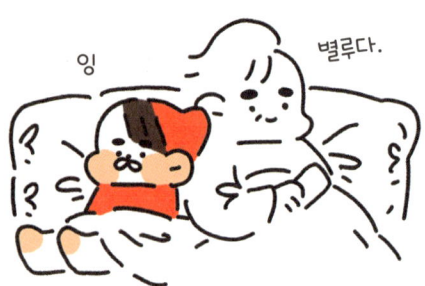

여자친구와 싸웠을 때
동생과 투덜대고 싶었다.

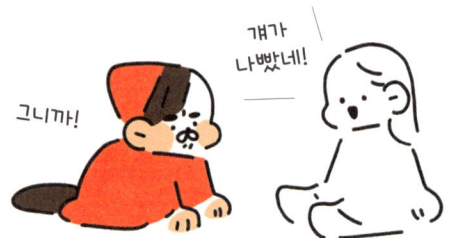

하지만 절대 그럴 수 없었다.

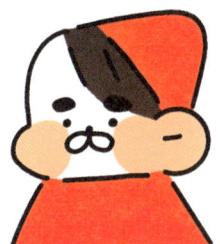

엄마, 나 동성애자야

엄마와 대화가 줄었다.
3분 이상 대화하면

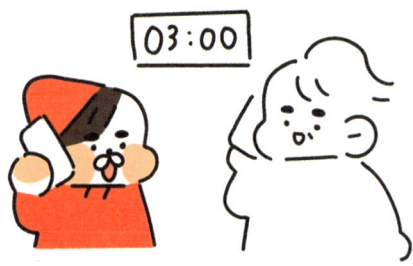

엄마는 하나님을 이야기하기 시작하고
나는 "엄마, 나 동성애자야!"라고 외치고 싶었다.

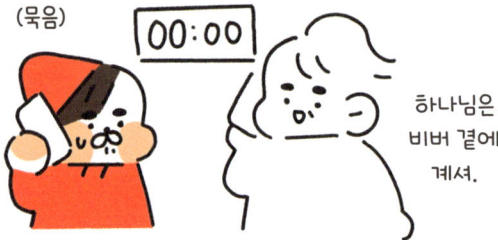

(묵음)

하나님은
비버 곁에
계셔.

하지만 그런 말을 했다가는
교회로 끌려갈 것 같아서 대화를 피했다.

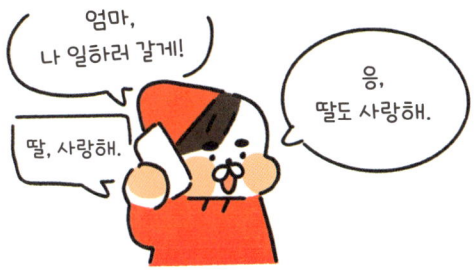

그래서 나는 교회에서 멀어지고
가족에게서 멀어졌다.

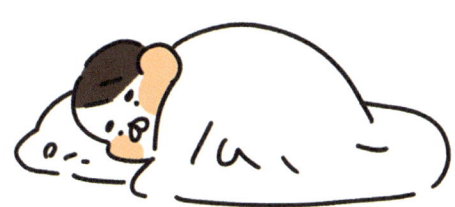

그럴 것 같았어

가족에게 말하지 못하는 만큼 꾹꾹 눌러 참던 것들을
꺼내서 친구들에게 알리기 시작했다.

나…
할 말이 있어….

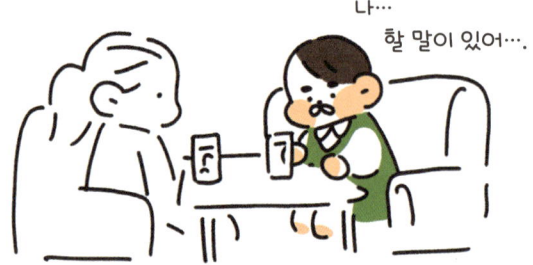

처음에는 정말 무섭고 긴장됐다.

이거 사실 남자친구가 아니라
여자친구 주려고 뜨는 거야!

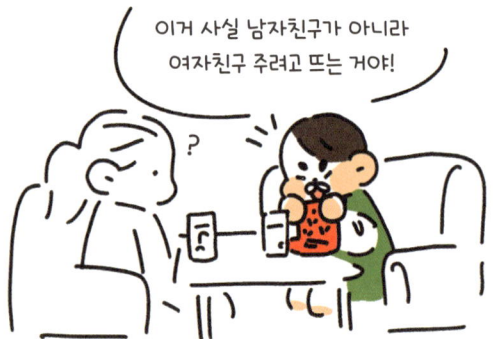

돌아오는 반응은 허탈했고,
그보다 더 크게 안심이 되었고

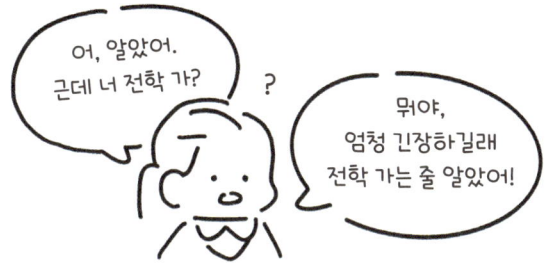

웃겼다.

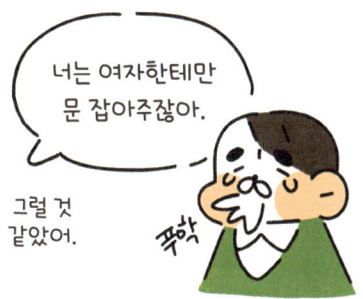

첫 커밍아웃 이후부터는 쉬웠다.

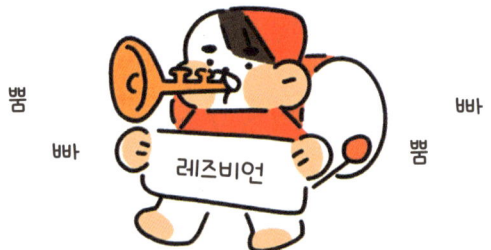

심지어 이런 적도 있었고

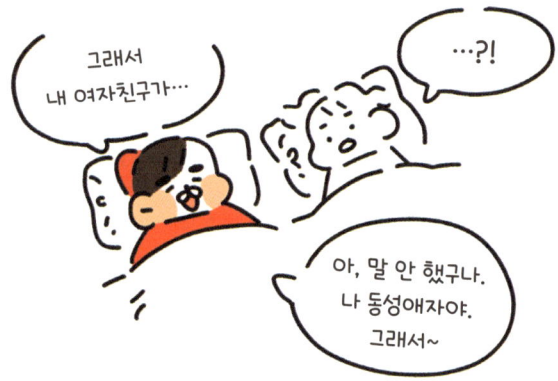

다행히도 커밍아웃은 모두 좋게 끝났다.

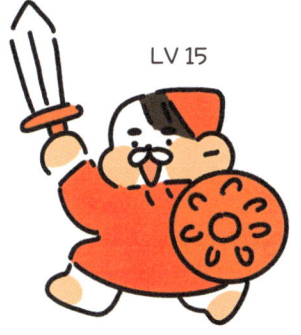

가족이 최종 보스여서 그랬을까.

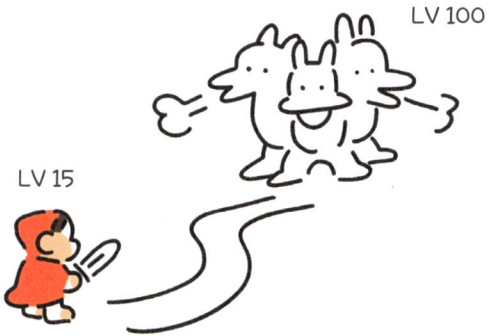

희
로
애
락
이

가
득
했
던

커
밍
아
웃

우여곡절이 있었지만 어쨌건
가족에게도 커밍아웃은 잘 마쳤다.

커밍아웃이
끝이 아니라

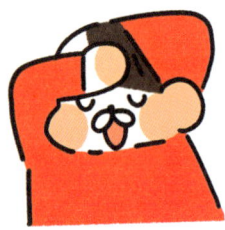

시작일 줄은
몰랐지만…

喜

친구들과는 기뻤고

그럴 줄 알았다.

아니면 이상하지.

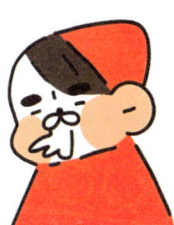

怒

동생과는 화를 내었고

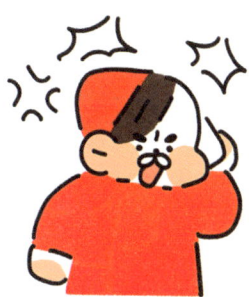

아빠와는 울고

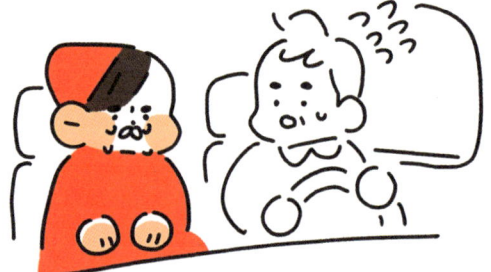

엄마와는 웃었다.

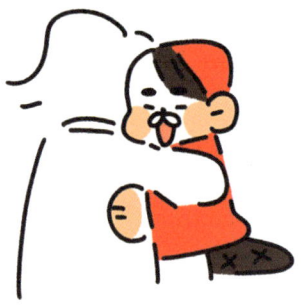

지금 생각해보니 희로애락이 가득했다.

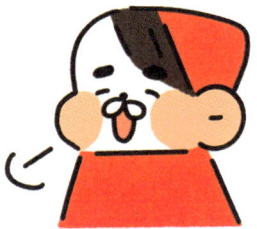

엄마, 고마워

교회에서는 동성애자 교인을 받아들일 것인가,
받아들이지 않을 것인가로 의견이 나뉜다고 했다.

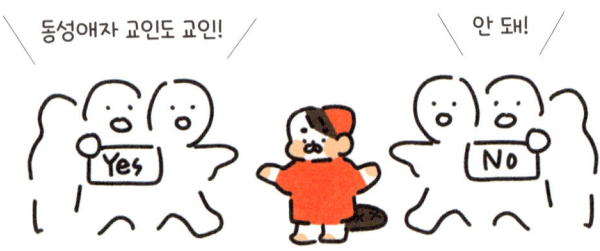

엄마는
받아들이지 않는 쪽이었지만

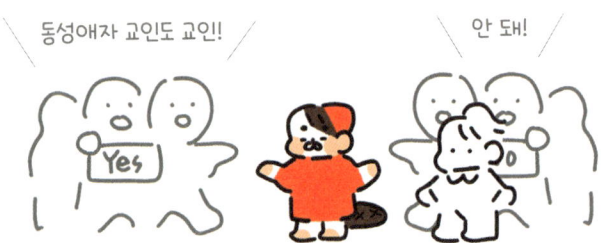

나에 대해 알았으니
동성애자 교인을 받아들일 것이라고 말했다.

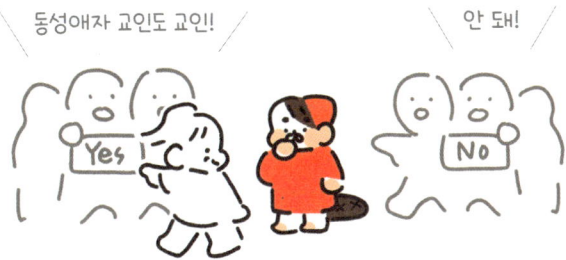

나는 교회에 안 갈 거지만
그래도 고마웠다.

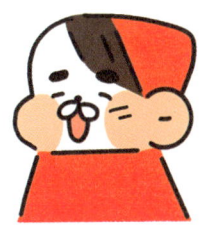

이렇게 나의 모든 것을 받아들여준 엄마가
바라는 것이 딱 하나 있는데

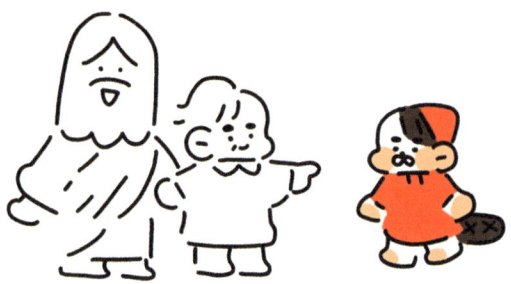

그 하나를 엄마에게 못 해주는 게
너무 미안했다.

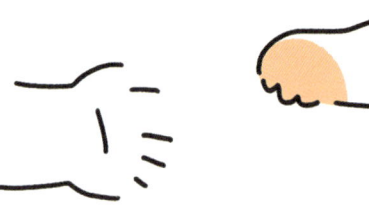

하지만 역시 할 수 없었다.

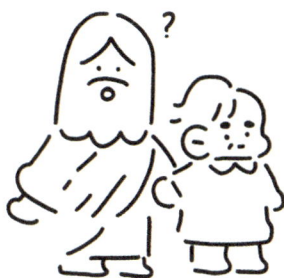

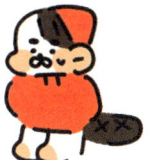

엄마, 나 무서워

미안한 마음과 더불어,
내가 끝까지 예수님을 믿지 않아도 엄마가
나를 사랑할까 하는 불안감이 점점 커져갔다.

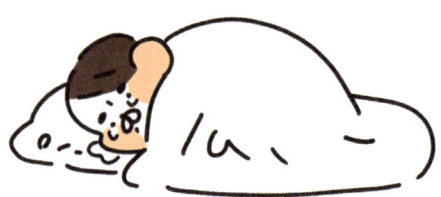

'당연히 날 사랑하지, 엄마잖아!' 하다가도
'그래도 혹시…'라는 생각이 자꾸만 떠올랐다.

당연하지!

그래도…

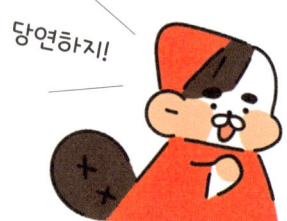

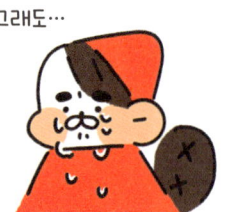

그렇게 밤새 고민하다가
결국 엄마에게 전화를 걸었다.

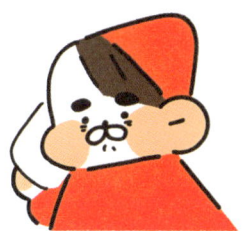

네가 부처를 믿어도!

결론부터 이야기하자면 엄마의 답은

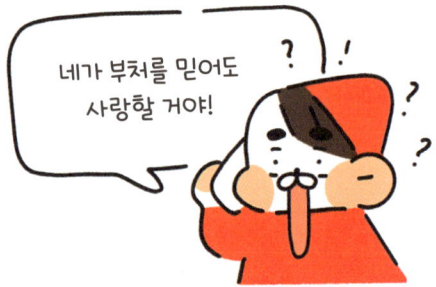

네가 부처를 믿어도 사랑할 거야!

"그런 생각을 하게 만들어서 미안하다"였고

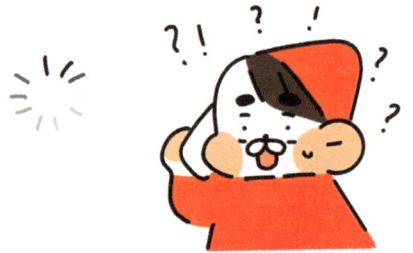

▲

어렸을 때 엄마가 교회에 대해
다소 강압적이었던 이유도 설명했다.

너는 어렸고 엄마의 책임 아래에
있었으니까 엄마가 생각하는
최선으로 한 거야. 이제 너는 어른이고,
내가 네 선택에 관여할
권리도 자격도 없지.

나는 또 울다가 다시 회사로 돌아갔다.

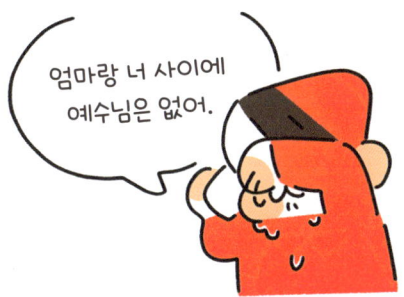

엄마랑 너 사이에
예수님은 없어.

아빠는 나를 혼낼 때 차마 때릴 수 없어서
수건으로 손바닥을 때렸고

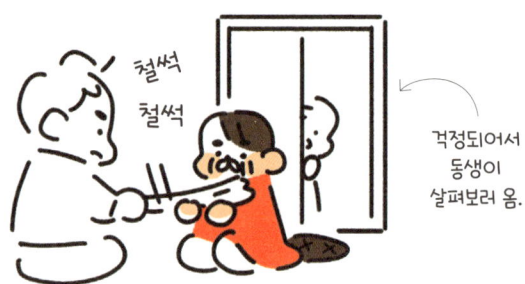

엄마는 내가 하고 싶은 것이라면
어떻게든 도와주었다.

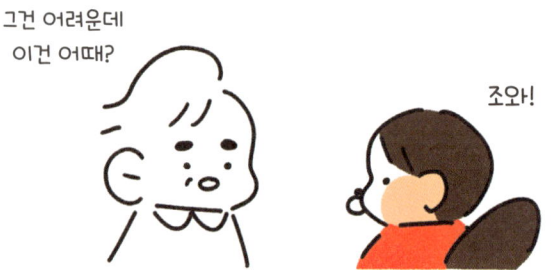

동생과 나는 절대 서로를 때린 적이 없었다.
딱 한 번 동생보다 20cm나 작은 내가 손을 올린 것에
동생이 충격을 받아 울어버렸다.

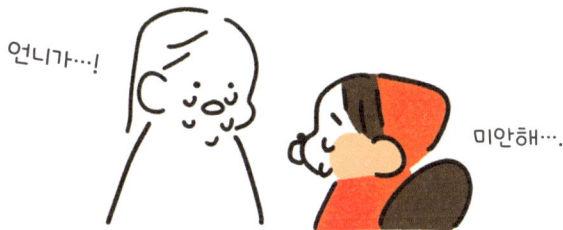

언니가…!

미안해….

참 다정한 집에서 살았구나.

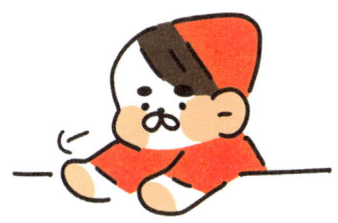

아
빠
가
화
를
내
면
깨
진
물
병
이
붙
을
까
?

아빠가 어렸을 때 내게 가르쳐준 게 있다.

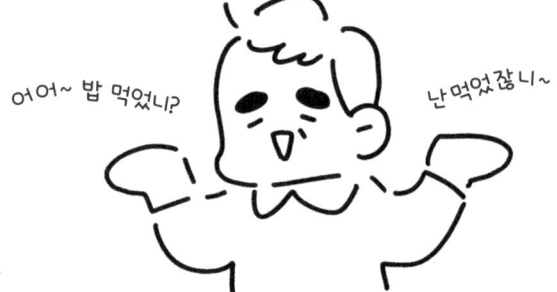

어어~ 밥 먹었니?

난 먹었잖니~

어쩌다 유리로 된 물병을 깼는데
아빠가 바로 달려와서 굳어 있는 나를 확인하고는 잔해를 치웠다.

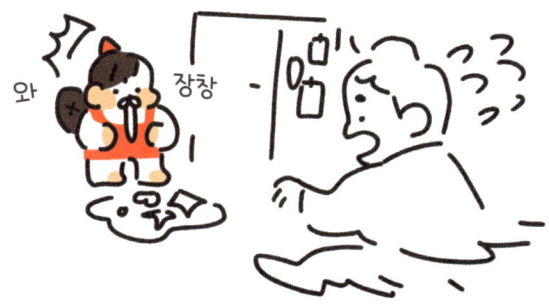

그러고 나서 아빠는 찬찬히 이야기했다.

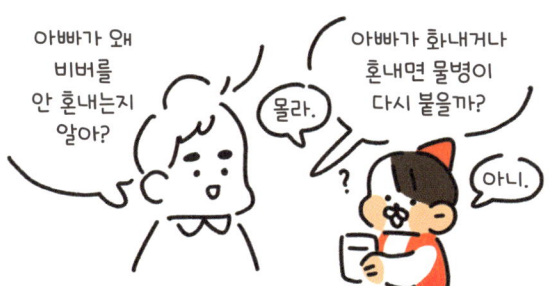

이제부터는 물병을 조심히 대하라는 당부도 덧붙였다.

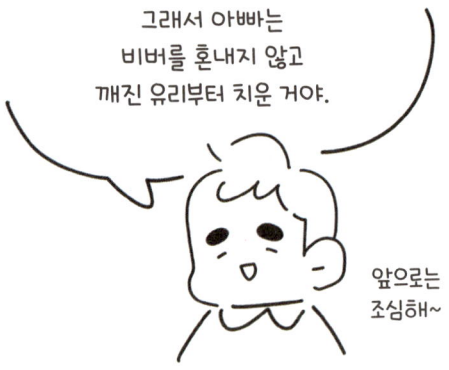

그래서 아빠는
비버를 혼내지 않고
깨진 유리부터 치운 거야.

앞으로는
조심해~

이 말이 내 생각의 기반이 된 것 같다.

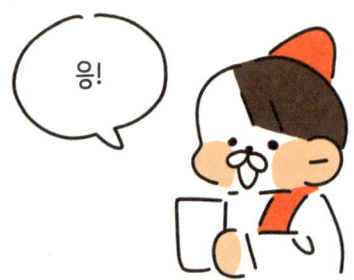

응!

어렸을 때 엄마가 산으로 데려가서
곤충을 그려보라고 했던 일이 기억난다.

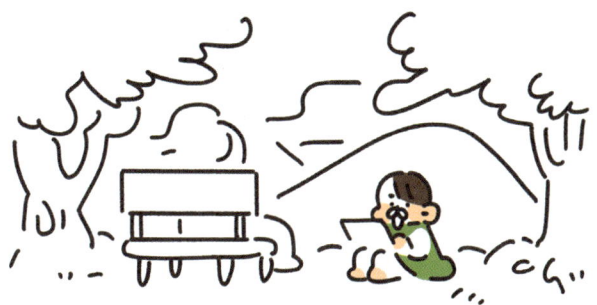

그림을 쭉 보더니
"똑같이 그리는 것도 좋지만 자유롭게 생각하는 대로 그려봐"라고 했고

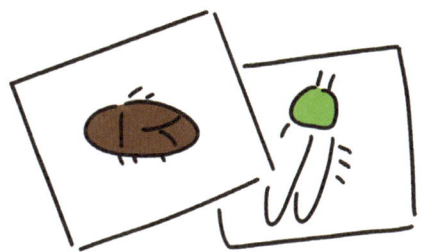

나는 그렇게 그리는 것이 좋았다.

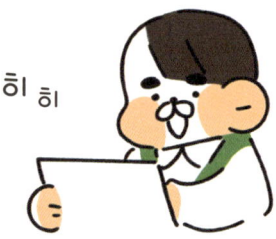

자연을 선생님으로 여기라는 말도 했고,
뭐든 하고 싶은 걸 하게 도와줬다.

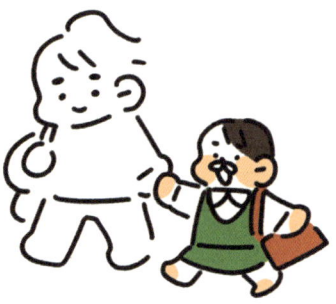

엄마는 나에게 좋은 선생님이다.

한 달에 3만 원쯤 하는 동네 미술학원에 갈 수 없을 정도로
집안 사정이 어려워진 적이 있었다.

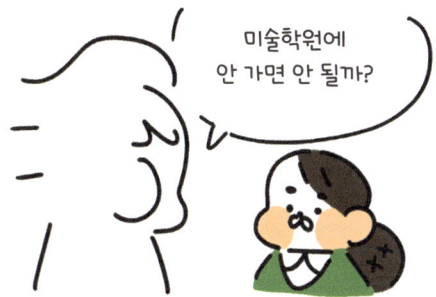

내가 봐도 그랬기 때문에
알았다고 했는데

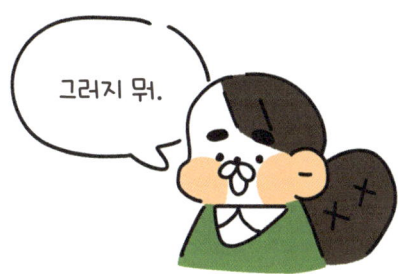

그 이후부터 시름시름 아팠다.

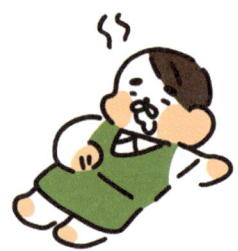

엄마는 돈을 쪼개고 또 쪼개서
다시 미술학원에 보내줬다.

오잉?

정말 맛있는 소고기

언젠가 동생이 정말 맛있는 소고기를
먹여준다면서 부엌으로 데려가 세우더니

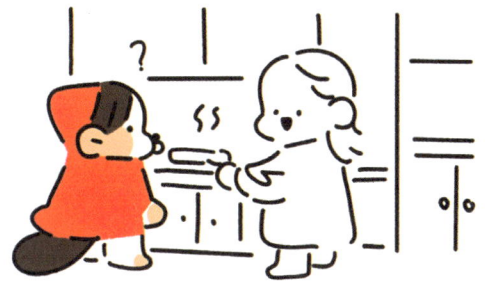

굽는 족족 입에 넣어줬다.

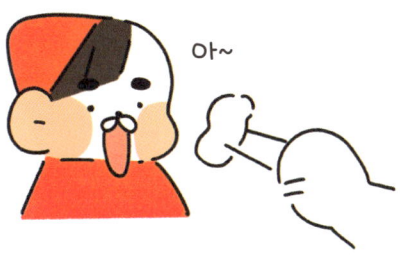

아~

정말 맛있었다.

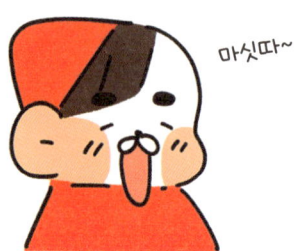

마싯따~

그 전에도 그 후에도
그렇게 맛있는 소고기를 먹어본 적이 없다.

착
한
호
모
포
비
아

동생은 착한 *호모포비아다.

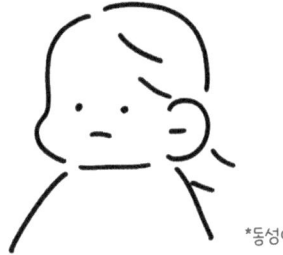

*동성애 혐오자

동성애자임을 밝히지 않았을 때
내가 여자를 만나면 어떻게 할 것이냐고 물으니

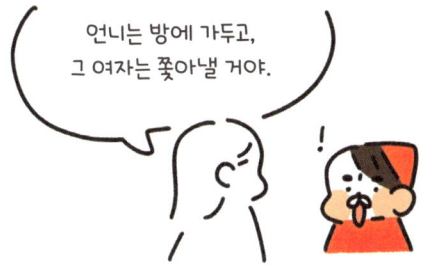

라고 했지만

내가 동성애자라는 사실을 안 뒤로는
대답이 바뀌었다.

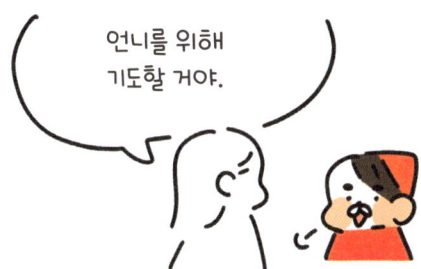

이 만화는

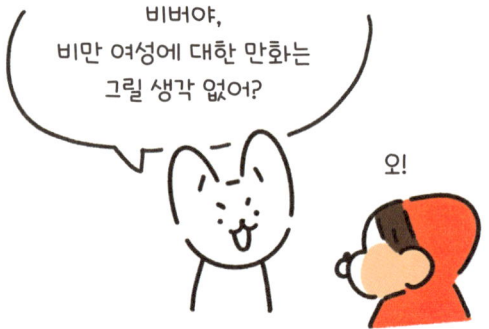

비버야,
비만 여성에 대한 만화는
그릴 생각 없어?

오!

라는 친구의 말에서 시작되었다.

가볍게 그렸던 이야기였는데 생각보다
더 많은 관심을 받고

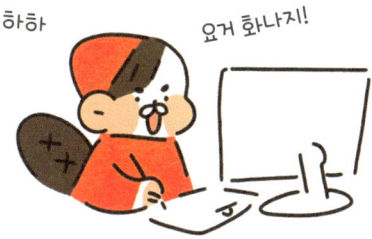

비만인 여성들만 공감하려나 싶었는데
저체중인 사람들도 공감해서 깜짝 놀랐다.

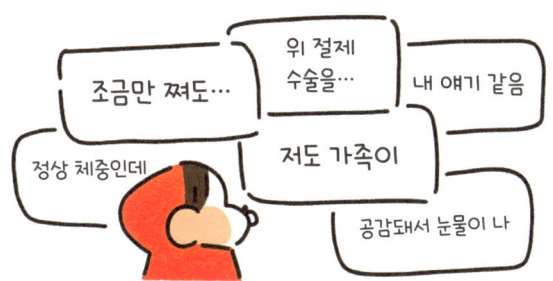

많은 관심이 감사하면서도 조금은 속상했다.

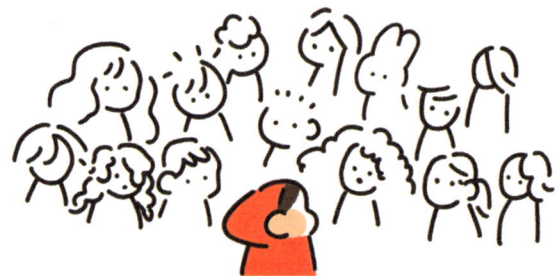

어떤 상황에 놓여 있든
자신의 몸에 슬퍼하지 않았으면 좋겠어요.

알
친
구

이 만화를 그리도록 물꼬를 터준 친구는
*알로 문자 요금을 내던 시절부터 함께해왔는데

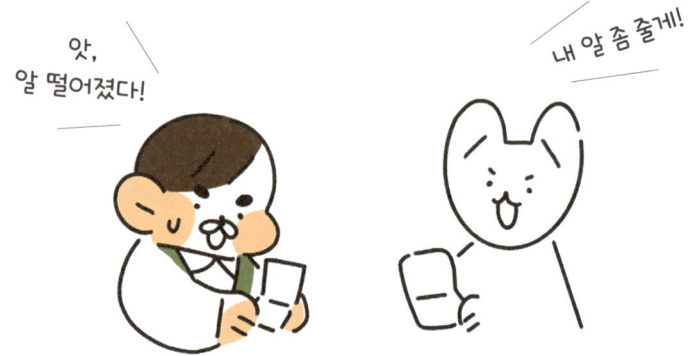

앗,
알 떨어졌다!

내 알 좀 줄게!

*알: 2000년대 초반, 일정 금액으로 알을 충전해서 통화나 문자를 할 때
알을 차감하는 방식의 휴대폰 통신사 요금제.

나에게 많은 이야기를 들려줬다.

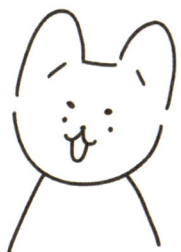

짝사랑으로 자존감이 많이 낮았던 때 고민을 털어놓으니

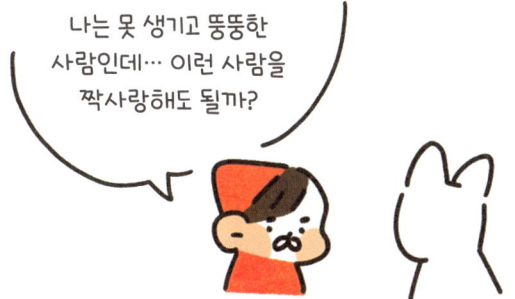

나는 못 생기고 뚱뚱한
사람인데… 이런 사람을
짝사랑해도 될까?

이런 말을 해줬다.

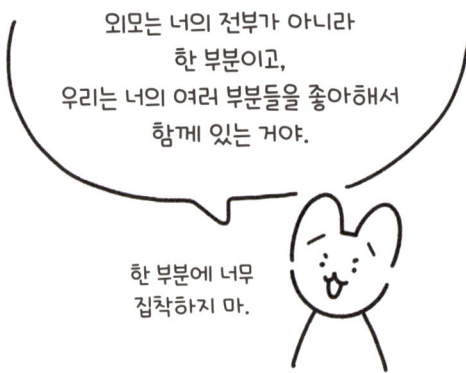

외모는 너의 전부가 아니라
한 부분이고,
우리는 너의 여러 부분들을 좋아해서
함께 있는 거야.

한 부분에 너무
집착하지 마.

그 말을 들으니 조금 눈이 뜨이는 기분이었다.

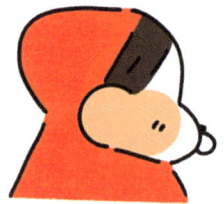

어느 날은 불쑥
해바라기 꽃다발을 보내주고는

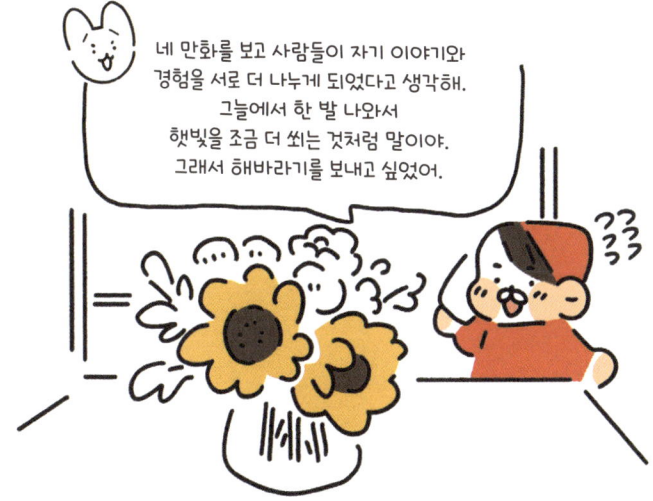

네 만화를 보고 사람들이 자기 이야기와
경험을 서로 더 나누게 되었다고 생각해.
그늘에서 한 발 나와서
햇빛을 조금 더 쐬는 것처럼 말이야.
그래서 해바라기를 보내고 싶었어.

감동을 받아서 와악 와악 했다.

와악 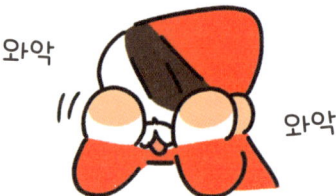 와악

나에게 한 줌의 햇빛을 더해주는
다정한 친구야.

고마우이, 사랑혀!

Q 저도 비만 여성인데, 사람들을 만나면 "왜 살을 빼지 않니?"라는 질문을 받아요. 그런 질문을 받을 때 어떻게 대처하세요?

A 아무래도 살에 대한 지적은 생각지 못했던 순간에 아주 가벼운 화제인 것마냥 훅 치고 들어와서 뭐라고 대처하기도 전에 넘어가버리는 경우가 많죠. 심지어 오래 살을 맞대고 지내야 하는 가족이라면 단호하게 대처하기가 더 어려워요.
진지하게 "당신이 이렇게 말하는 것은 아무 도움이 안 된다"라고 대답할 때도 있고, 그냥 가볍게 "아, 빼야지~ 너무 어렵다" 하면서 웃어넘기듯 말할 때도 있어요. 중요한 것은 최대한 스스로가 스트레스 받지 않는 방식으로 대처하는 거예요.

Q 남이 하는 말이나 평가에 덜 영향받는 노하우가 있나요? 나를 작게 만드는 말에 휘둘리고 싶지 않아요.

A 나를 위한 목표를 하나 세워요. 그리고 그 목표를 위한 노력을 합니다. 남의 말에 휘둘리지 않기 위한 내 기준을 세우는 거죠. 그러고 나면 남이 뭐라고 하든 길을 잃지 않게 도와주는 작은 이정표가 생깁니다.
거창한 목표를 세우지 않는 게 포인트예요. 현재 목표는 '스스로를 회복시키기'입니다. 노력으로는 '하루에 하나씩 일하기'를 하고 있고요. 청소를 하든, 글을 쓰든 아주 작은 것이라도 하나씩 꼭 해요. 다른 사람이 보면 게으르고 이상한 삶으로 보일 수도 있지만 저는 목표를 향해 한 발자국씩 걸어가고 있고, 잘 살고 있습니다. 질문하신 분도 그런 목표를 세울 수 있기를 바랍니다.

Q 비만 여성으로 지내면서 '몸' 때문에 힘들었던 때는 언제였나요?

A 첫 번째로는 내 몸을 내가 원하는 대로 움직이지 못할 때, 두 번째로는 사람들의 시선이 가득 꽂힐 때예요. 어린아이의 신기하다는 듯한 시선부터 중년 남성의 노골적으로 훑어보는 시선까지, 정말 다양하게 겪어요. 목을 꺾어가면서까지 저를 쳐다보던 아저씨도 있었어요. 그러다 보니 주변 친구들의 시선까지 꺼리게 되던 적도 있었죠.
다행히 저는 기질적으로 마이웨이이며, 어느 순간부터는 다른 사람들의 시선이 쏟아지는 순간을 피하기보다 즐기기로 했어요. 이제는 누가 저를 쳐다보면 저도 쳐다봅니다. 같은 방식으로요.

Q 체중 감량이나 건강 관리를 했던 구체적인 방법을 알고 싶어요!

A 일단 먹어야 할 때 먹어야 할 것을 먹고, 자야 할 때 자고, 움직여야 할 때 움직였어요.

흔히 듣는 건강 관리법 있잖아요. 낮에 일어나서 활동하고 밤에 자고, 삼시 세끼를 먹으라는 말들을 따라 해봤어요.

아마 혼자였으면 못 했을 것 같아요. 룸메들과 같은 시간에 밥을 먹고, 룸메들이 산책을 나갈 때 한 번씩 걷자고 권해줘서 가능했던 것 같습니다. 만약 혼자라면 하루에 물 한 잔 마시기처럼 아주 작은 것부터 건강 관리를 시작해보면 어떨까요?

Q 트위터에서 먼저 연재를 시작했을 때 많은 사람들이 자신의 경험과 생각을 덧붙여주었잖아요. 기억에 남았던 트윗은 무엇인가요?

A 저는 제 그림에 달린 트윗을 하나하나 다 읽어봐요. 사실 이렇게까지 다양하고 많은 분들이 공감해주실 줄 몰랐어요. 그게 너무 감사하면서도 속상했고요.

그중에서 '내 이야기를 다른 사람의 목소리로 듣는 것 같다. 이런 이야기를 해줘서 고맙다'라는 말이 기억에 남아요. 이 분께는 오히려 제가 감사하다고 전해드리고 싶어요. 덕분에 더 그릴 수 있었어요. 그리고 언젠가는 당신의 목소리로 직접 이야기를 들려줄 수 있기를 바랍니다.

Q 그림의 어떤 부분이 많은 공감을 얻은 것 같다고 생각하나요?

A 대부분 '아, 그때 이렇게 말했어야 했는데…!' 싶은 경험이 있을 거라고 생각해요. 저는 '그 말을 했어야 하는데!' 하는 때가 많았거든요. 이해가 안 되는 일을 겪으면 순간적으로 머리가 새하얘지고 그저 이 순간을 빨리 넘겨버리고 싶다는 생각만 가득차서 뒤늦게 떠오르는 말들이 많았어요. '그 말을 했어야 하는데!' 하는 때를 모아서 그린 것이라 저와 같은 경험을 한 사람들이 공감하신 게 아닐까 짐작해요.

Q 이번에 〈나는 100kg이다〉를 그리면서 자주 했던 생각은 무엇이었나요?

A '나 진짜로 책 내나…?', '이거 정말 서점에 들어가나?', '우와… 그러면 더 많은 사람들이 이 이야기를 볼 수 있나?', '청소년들도 봤으면 좋겠다'라는 생각을 했어요. 그 사람들이 처한 상황이나 외모 평가 등으로 이런저런 말을 듣고 있다면, 본인이 지금 받고 있는 말이나 시선이 상처라는 것을, 하지만 본인의 잘못 때문이 아니라는 걸 알았으면 좋겠어요.

Q 비만 여성으로 살아가는 사람들에게, 이 책을 읽은 분들에게 하고 싶은 말이 있다면?

A 지금까지 뚱뚱한 사람은 날씬해진 후에야 뚱뚱했던 시절을 간증하듯 "당신도 살을 뺄 수 있다"라고 말할 때 마이크가 쥐어졌지만 앞으로는 아니에요. 일단 제가 말했으니까요. 편안하고 행복하시길!

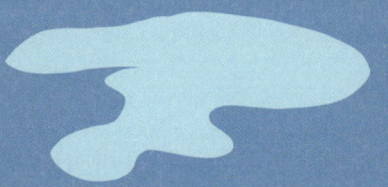

PART 3

100kg의 몸

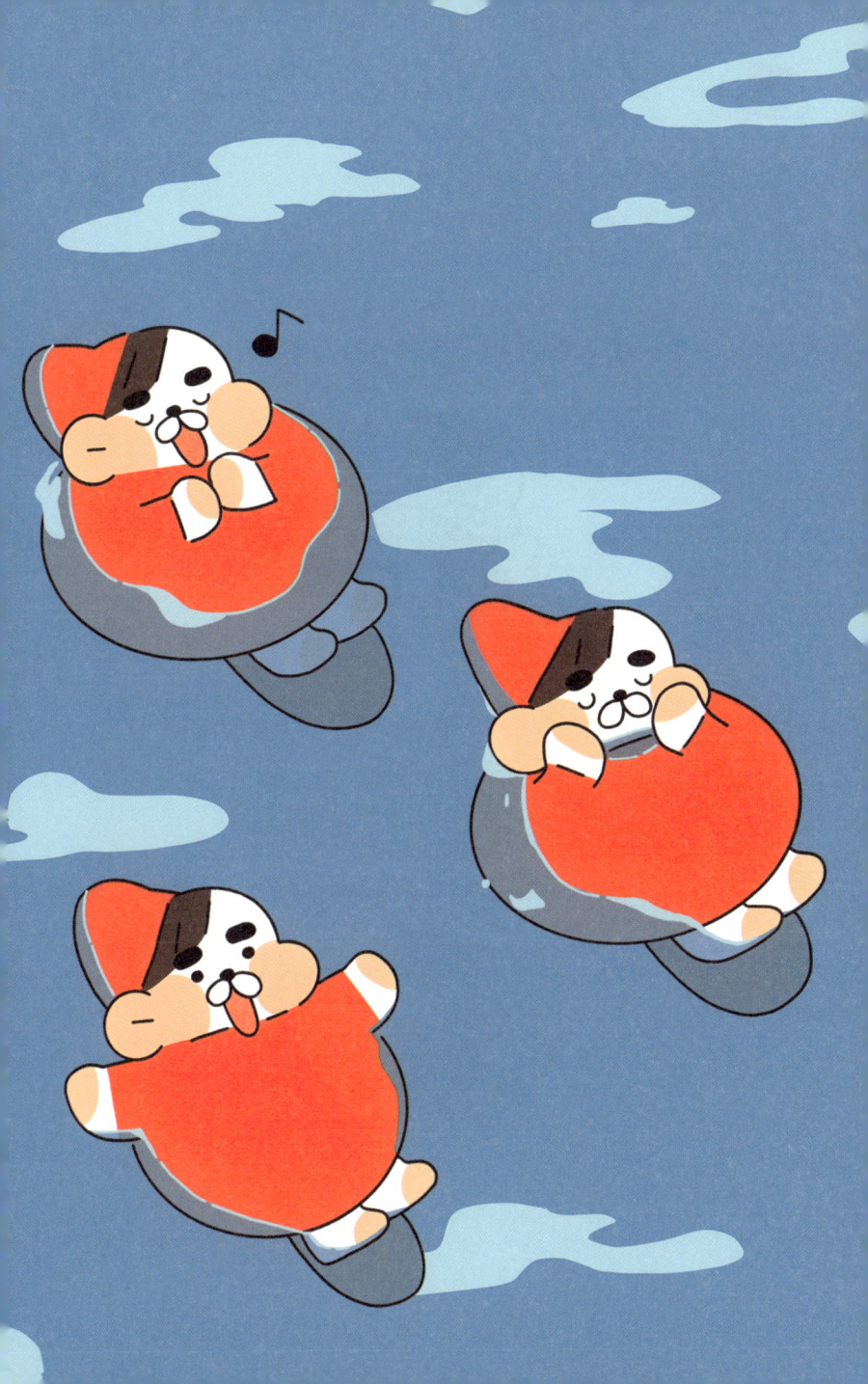

움직임이 줄었다

앉으면 다시 일어나기가 힘들다.
100kg을 들고 역도를 하는 것 같다.

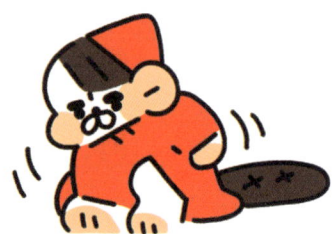

그래서 한 번 앉으면 잘 안 일어난다.
움직임이 더 줄었다.

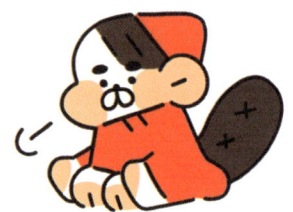

100kg이 넘고 나서

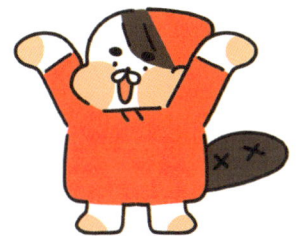

발톱 깎기가 곤란하다.

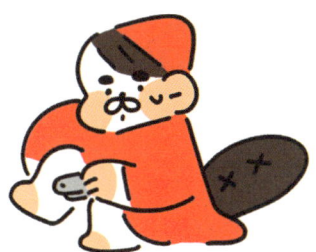

그래서 여러 방법으로 깎는다.

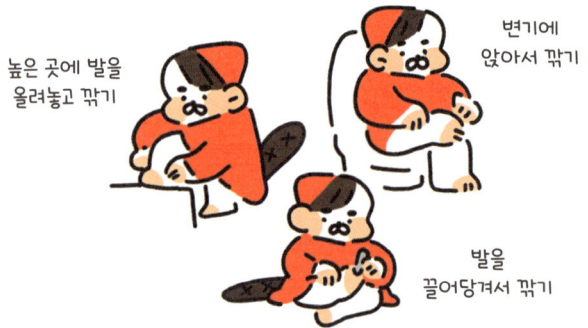

높은 곳에 발을
올려놓고 깎기

변기에
앉아서 깎기

발을
끌어당겨서 깎기

+ 양말 신기도 마찬가지로 어렵다.

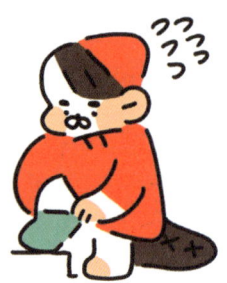

어느 날 놀이기구를 타러 가서 안전바를 내렸는데
나에게는 딱 맞고 친구에게는 헐거웠다.

다행히 어린이용 4D 놀이기구여서

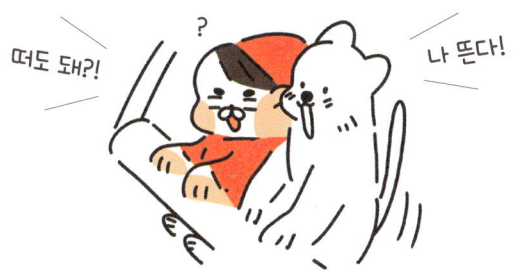

친구는 안전하게 스릴을 즐겼다….

살이 찌면 무릎이 아플 줄 알았는데 나는 정강이가 아프다.
뼈가 뽕 하고 튀어나갈 것 같다.

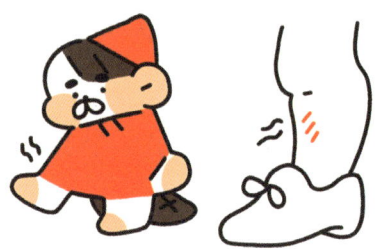

정면으로 누우면 '이것이 중력인가?' 싶고,
장기가 모두 눌리는 느낌이 들어 옆으로 누워서 잔다.

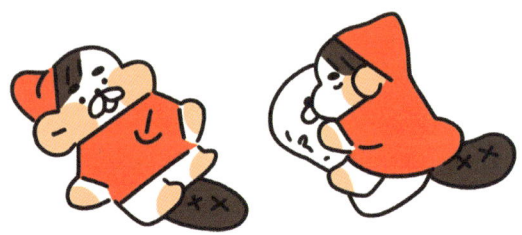

5분만 뛰어도 폐가 쥐어짜이는 듯한 느낌이 들고
숨을 쉑쉑 내쉰다.

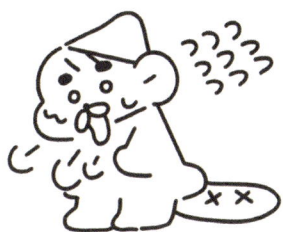

정면으로 누우면 목이 눌려서 숨 쉬기가 힘들다.

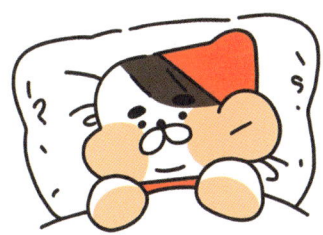

계단이 무서워졌다.
아무래도 100kg을 들고 균형을 잡는 일이니까.

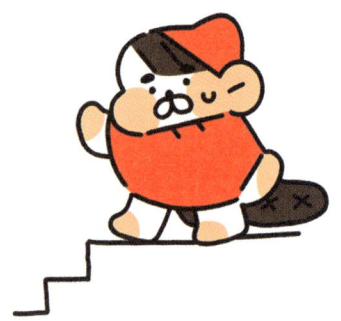

아빠의 걱정이 늘었다.

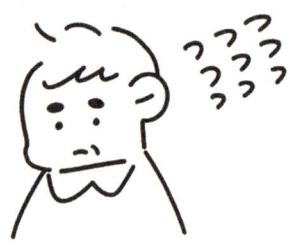

가족들에게 걱정을 끼친 것이 미안하다가
다른 사람들 앞에서 내 걱정을 하면 부끄럽고
나도 해결하고 싶은데 안 되니까 막막하고
걱정이 지나치다 싶어 짜증이 일기도 한다.

'나도 변하고 싶지만 어떻게 해야 할지 모르겠어'
'이번에도 실패하면 어떡하지?'

.
.
.

고맙고 미안해요.

쉑 쉑 쉑 쉑 쉑 쉑

친구들과 택시를 잡으려고
한참 길에 서 있다가

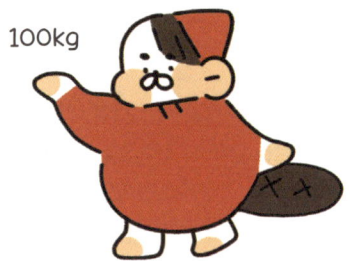

100kg

간신히 우리 앞에 멈춘 택시를 향해 뛰었는데
덜컥 몸이 고장난 느낌이 들었다.

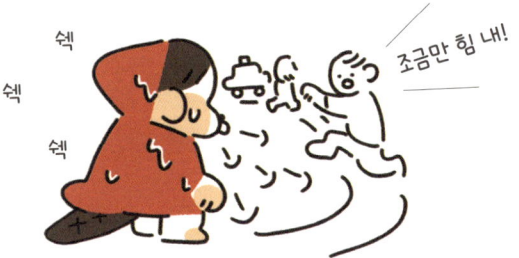

조금만 힘 내!

쉑 쉑 쉑

예전에는 달리기를 싫어했는데

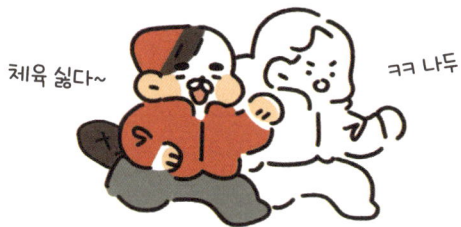

이젠 좋다, 싫다가 아니라
한다, 못 한다의 일이 되어버렸다.

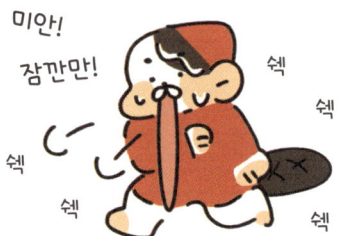

옆으로 누워서 자면
어깨가 굽는다는 걸 알고 있다.

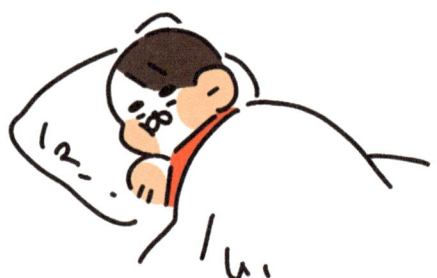

▲

정자세로 자려고 노력했지만
쉽게 잠에 들지 못했다.

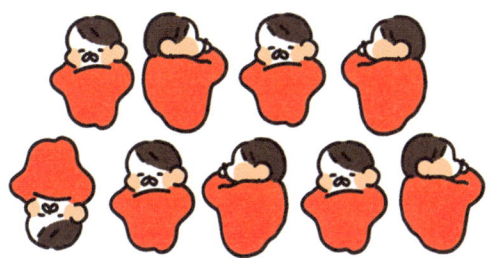

마사지를 해주셨던 이모에게 상담을 하니,
자는 동안 저절로 자세가 바뀌니까
어떤 자세든 잠이나 제대로 자라고 하셨다.

복식 호흡을
해야 돼.

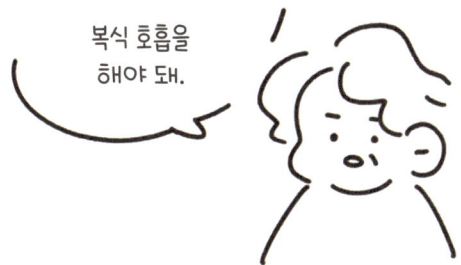

얼마 뒤
잠들고 일어나면 정자세인 것을 깨달았다!

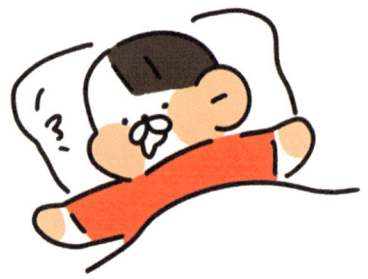

지나치게 의식하는 힘을 빼면
몸은 자연스럽게 가장 최선의 상태로 돌아가니까
나는 잠이나 잘 자자.

계단이 무서워

원래 계단을 내려가는 걸
무서워했는데

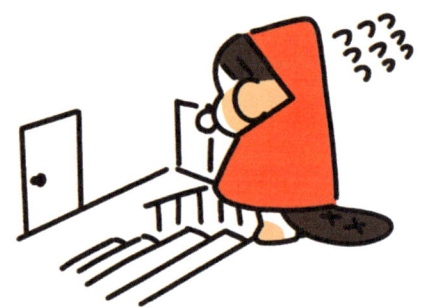

▲

룸메도 살이 찌고 나니까 계단이
힘들어졌다고 했다.

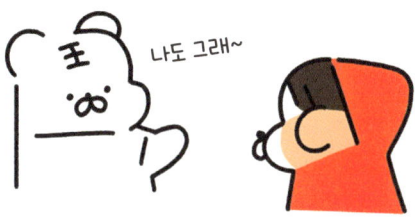

한 발로 체중을 지탱하며 균형을 잡는 건
누구에게나 어려운 일이었다.

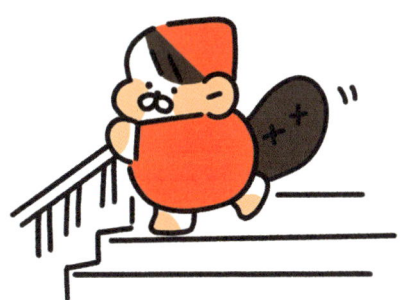

계단을 내려가는 것이
나에게만 어려운 일이 아니었다는 사실에
왠지 안심했다.

무섭고 힘들 때도, 즐겁고 기쁠 때도
다정한 사람을 곁에 두자.

"널 위해서 하는 말이야" 대신
"그랬어? 나도 그래"라고 해주는
소중한 사람을 곁에 두자.

우당탕 꿍땅

생일 날 출근을 하려고 나섰다가

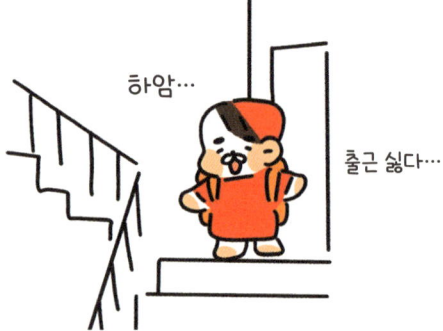

하암…

출근 싫다…

휘청하고는 계단에서 굴렀다.

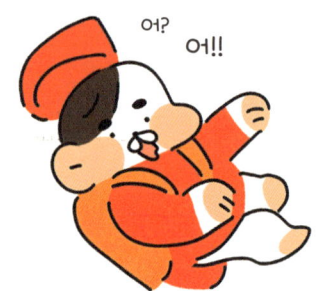

어? 어!!

너무 아파서 끙끙대다가
간신히 집으로 다시 들어갔는데

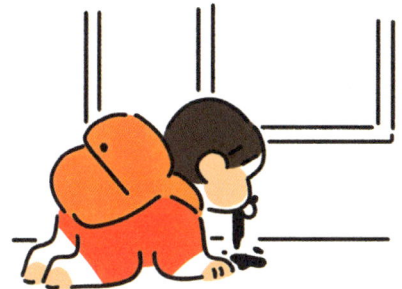

기다리고 있던 룸메가 놀라고

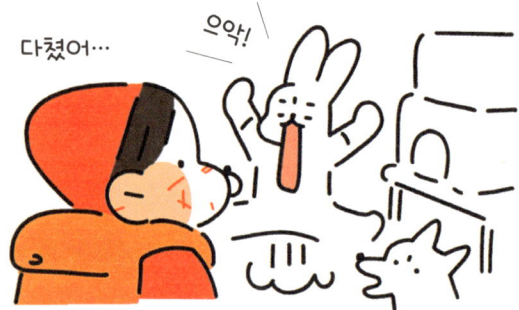

다른 룸메도 방에서 나오더니 "와악!" 소리를 질렀다.

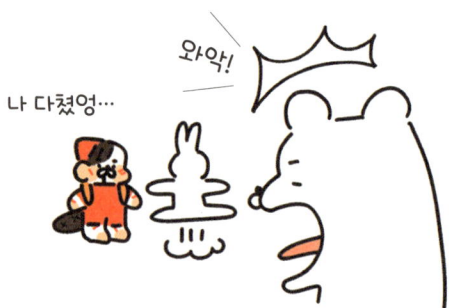

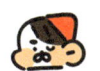

룸메들의 인터뷰

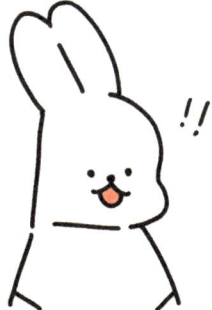

[룸메1]

밖에서 갑자기 쿠당탕 소리가 나는 거야.

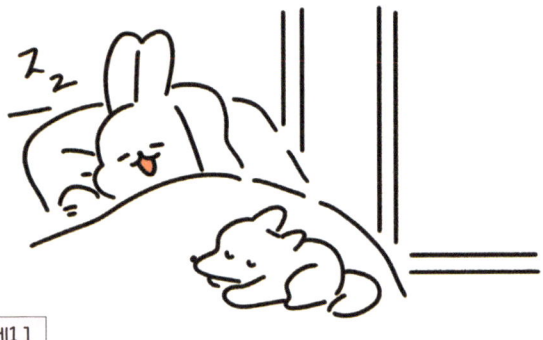

[룸메1]

뭔가 일이 생겼으면 다시 들어오겠지 했는데…

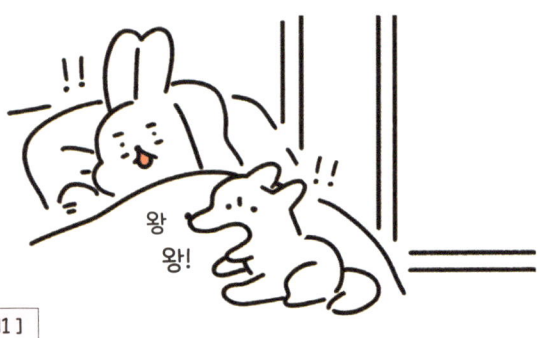

[룸메1]

현관문 열리는 소리가 나더라고!

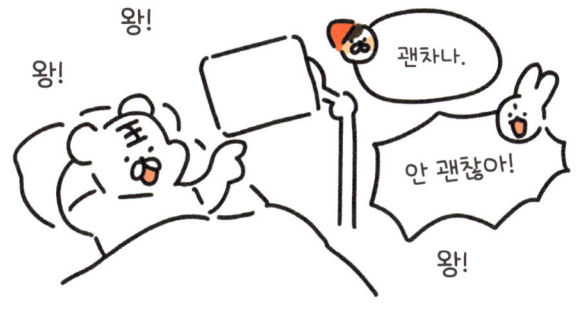

[룸메2]

누워 있는데 네 목소리는 침착하고, 룸메1이 소란스럽더라고?

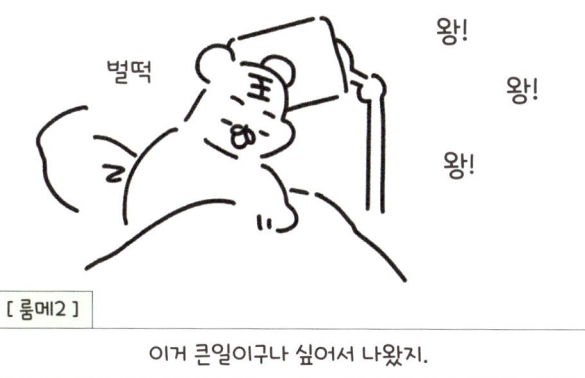

[룸메2]

이거 큰일이구나 싶어서 나왔지.

소원은 자세하게 빌자

출근은 어떻게 해야 할지 고민하다가

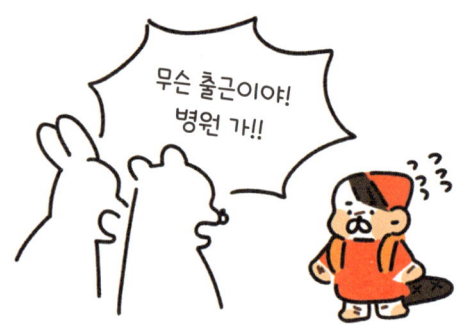

회사에 연락을 하고

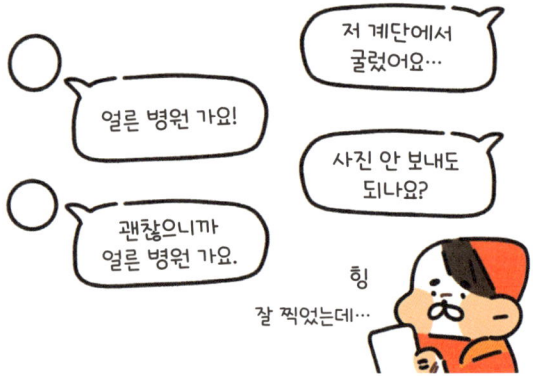

응급실, 성형외과, 대학병원 풀 코스를 돌았다.

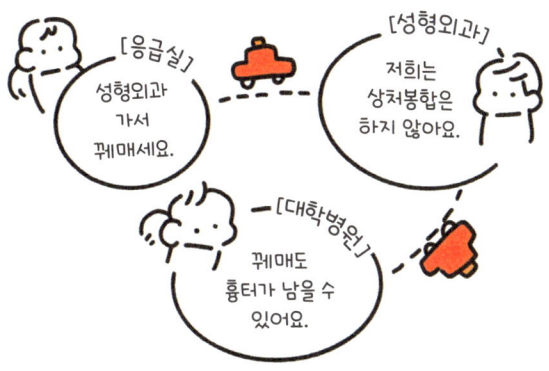

혹시 이거… 생일 소원 수리인가…?

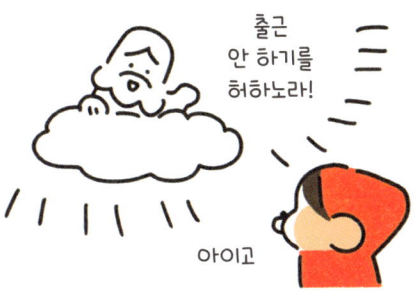

소원은 자세하게 빌자.

그때 머리와 목으로 굴렀는데

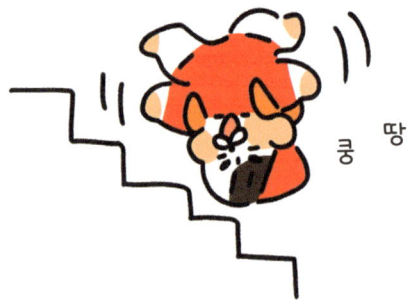

쿵 땅

콧등이 조금 찢겨서 꿰매고,
팔다리에 약간의 찰과상을 입었을 뿐

오메
아퍼

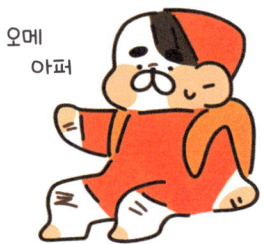

뼈와 근육에는 아무 문제가 없었다.

심지어
안경도 멀쩡!

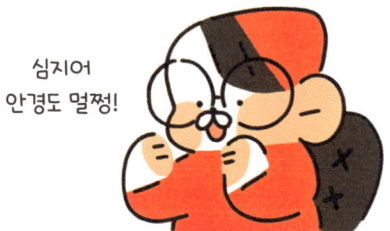

이게 지방의 역할이구나.

히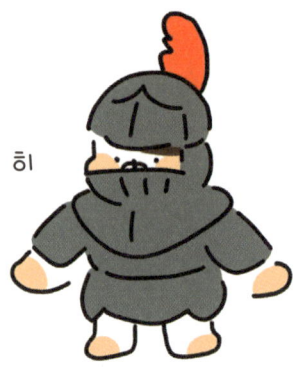

의외의 순기능!

리
디
큘
러
스
!

그 뒤로 계단이 더 무서워져서 한동안
발을 헛딛고 구르는 상상을 자주 했는데

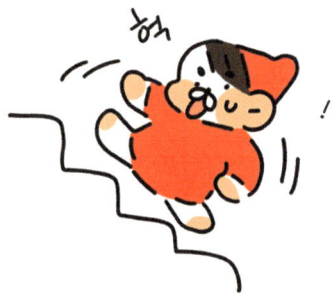

영화 해X포터에 나왔던 '리디큘러스' 주문처럼
계단을 방방이로 바꾸는 상상을 했더니 오히려 즐거워졌다.

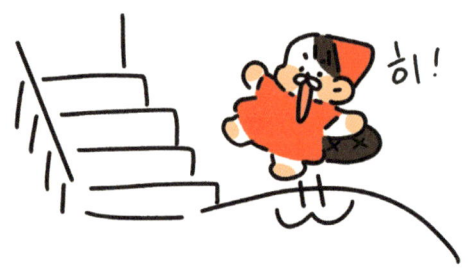

부정적인 생각들을 멈추기는 어렵지만

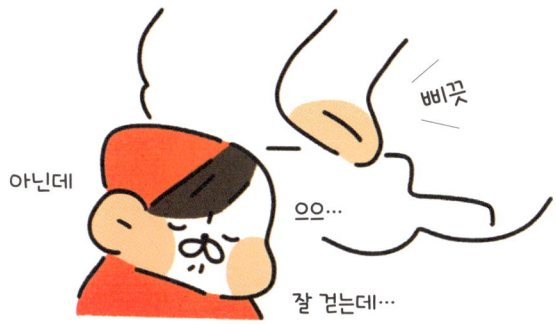

디테일을 조금만 추가하면
즐거워질 수 있다.

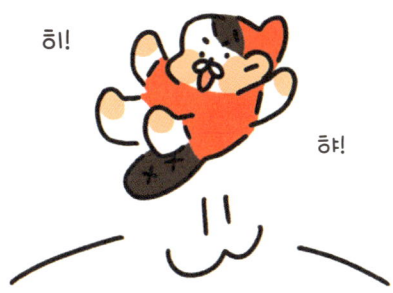

100kg이 되고 나니 오히려

뚱뚱해져서 불편함 점은 여러 가지가 있지만
그중 딱 하나를 고르자면

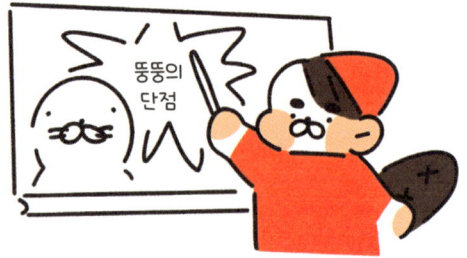

뚱뚱의
단점

바로 허벅지 쓸림!

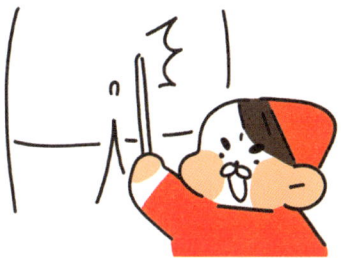

조금 오래 걸었다 하면
바지에 구멍이 나고 허벅지에 불이 난다.

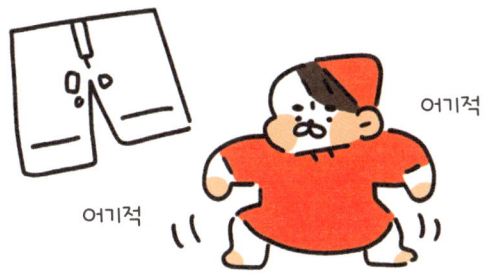

어기적

어기적

이 문제는 신기하게도
살이 더 찌니까 저절로 해결됐다.

닿는 표면적이
넓어져서
그런가?

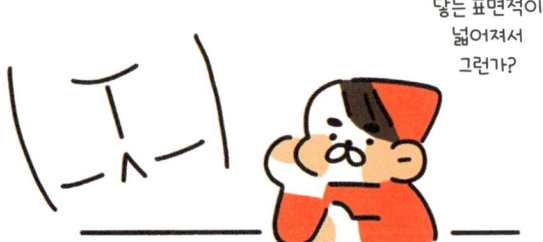

니트 입고 싶은데

개인차가 있겠지만 살이 찌고 나서
추위를 덜 타고

[한겨울]

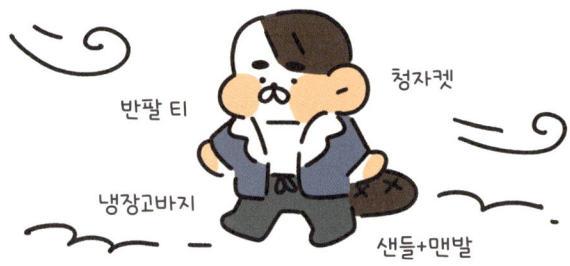

반팔 티

청자켓

냉장고바지

샌들+맨발

더위를 엄청 탄다.

[한여름]

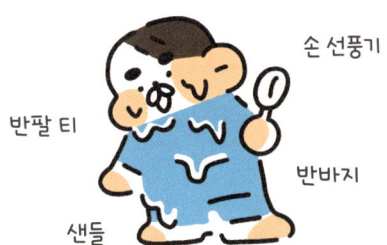

반팔 티

손 선풍기

반바지

샌들

겨울에도 더위를 많이 타서
귀여운 니트를 못 입는 게 아쉽다.

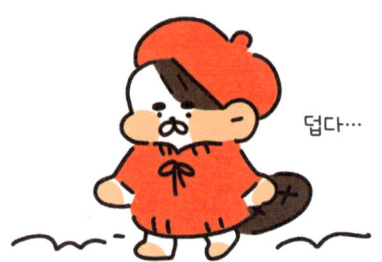

덥다…

떡볶이 코트도 입고 싶어!
잠그기 힘들고 더워서 못 입지만.

뽀글이 외투도 입고 싶어!
역시 더워서 못 입지만.

추
위
를

안

탑
니
다

내가 어느 정도로 추위를 덜 타냐면

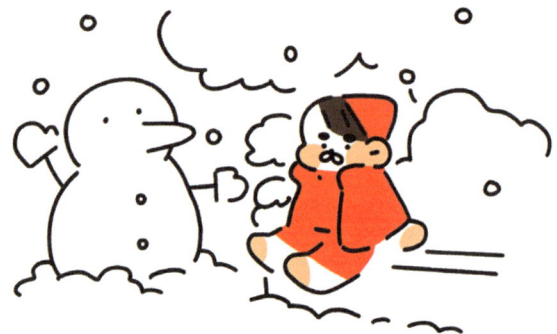

▲

한겨울에 청자켓과 여름용 셔츠, 여름용 바지와
샌들로 충분할 정도다.

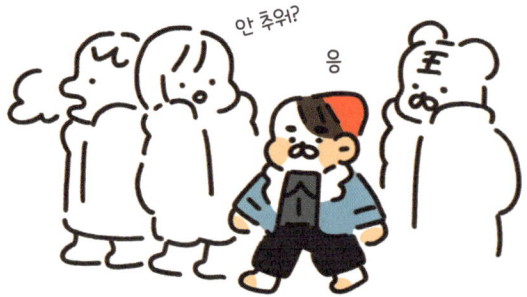

놀라서 쳐다보는 사람들의 시선도 익숙하다.

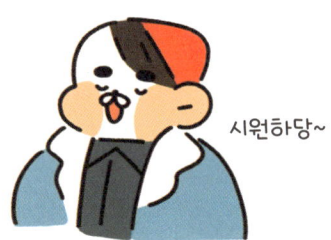

한국인의 겨울 필수품, 롱패딩

하지만 나날이 추워지는 날씨를
이겨내지 못 하고 결국 롱패딩을 샀다.

계절성 유니폼!

한국인의

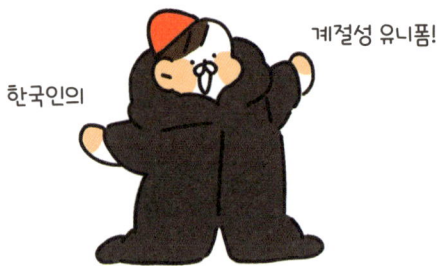

가장 큰 사이즈로 사니 지퍼를
잠글 수도 있었다!

이제 펄럭이지

않아도 된다!

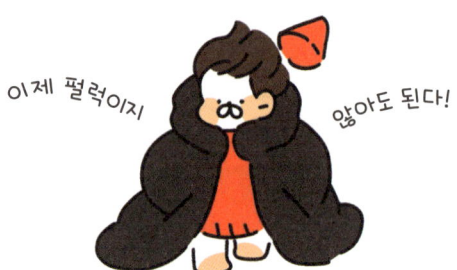

하지만 쭈그려 앉은 순간

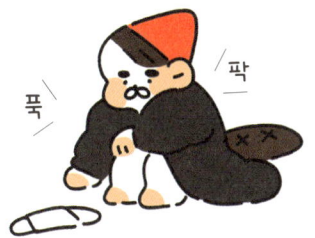

지퍼가 망가져버렸다….

그래도 똑딱이는 무사하다.

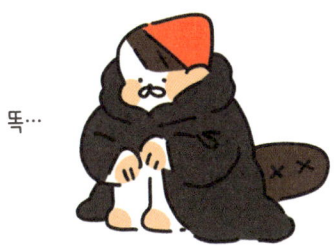

D 라인

롱패딩을 입고 지퍼를 쭉 잠그니
완벽한 D라인이었다.

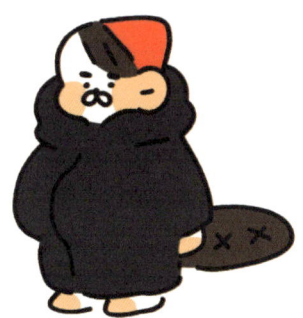

속상해하다가 왜 속상한지 고민해봤는데
내가 늘 보던 라인은 I라인이었기 때문이란 걸 깨달았다.

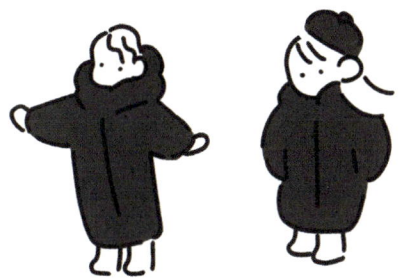

'그러면 D라인을 자주 보면 안 속상하려나?'
하는 생각이 들었다.

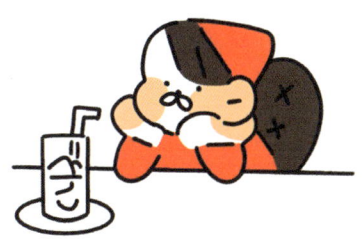

춥고 불편하다

날씨가 추워질수록 옷이 두꺼워지면
움직이기 불편해서 옷을 더 얇게 입지만

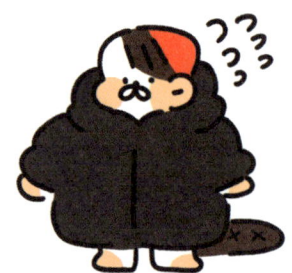

어쩔 수 없이 롱패딩을 입어야 하는 시기가 있다.

경기도의
칼바람은

나를 강하게
만든다!

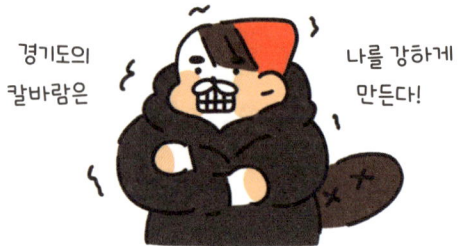

롱패딩은 따뜻하지만...
대중교통을 타면

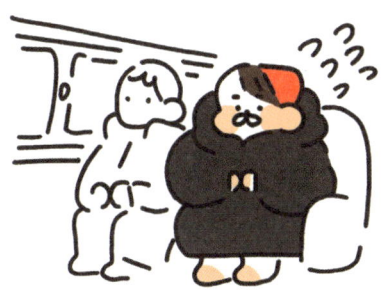

정말 불편하다.

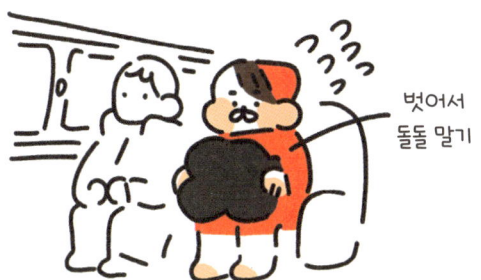

벗어서
돌돌 말기

거듭 말하지만 살이 찌니까
여름에 더위를 많이 타게 되었는데

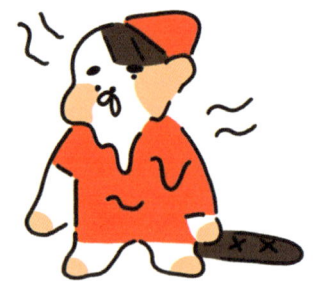

▲

뜨거워서 힘들기보다는
땀을 너무 흘려서 곤혹스럽다.

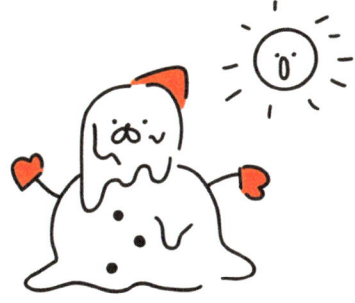

의자에 생기는 땀자국이

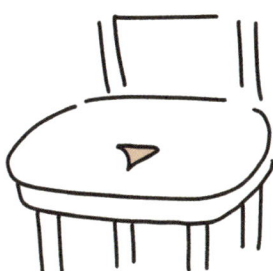

부끄럽다.

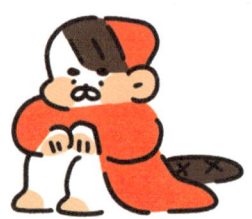

마른 사람이 흘리는 건 '땀'이지만
뚱뚱한 사람이 흘리는 건 '육수'라는 말이
잊히지 않는다.

달
라
지
는
건
없
더
라

꽤 오랫동안 '나는 뚱뚱하니까 몸을 드러내는 건
부끄러운 일이야'라고 생각했다.

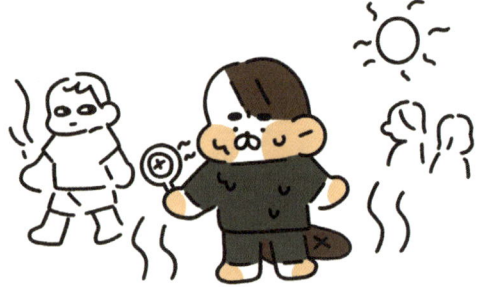

그러다 한 번, 딱 한 번 용기를 내서
반팔과 반바지를 입었다.

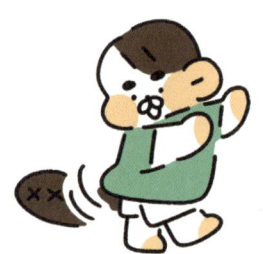

주변은 변한 게 없었다.
내가 더 쾌적해진 것 빼고는.

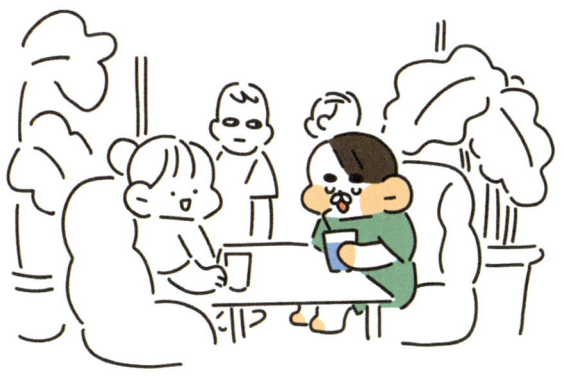

어렸을 때 TV에서 다이어트 프로그램을 보며
뛰는 사람들의 살이 흔들리는 모습을 흉하다고 생각했다.

아무도 직접적으로
"뚱뚱하면 몸을 드러내지 마!"라고 말하지 않았지만
말로만 말을 하는 것은 아니다.

그때 나는 그 프로그램 속 패널들의 눈빛에서
똥똥한 몸은 추하니까
살을 못 빼면 가리기라도 해야 한다는 메시지를 보았다.

마름모에서 8로 진화!

나는 셔츠를 좋아하는데

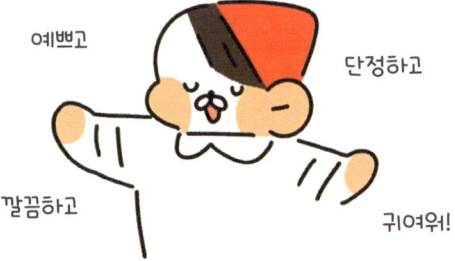

예쁘고

단정하고

깔끔하고

귀여워!

입으면 단추와 단추 사이가 벌어지면서
다이아몬드가 생긴다.

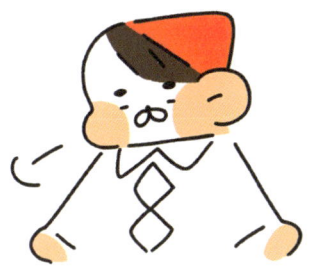

다이아몬드를 없애기 위해 똑딱이를 달면
8이 생긴다!

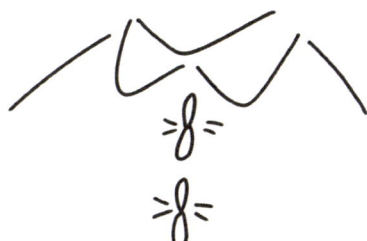

화가 난다.

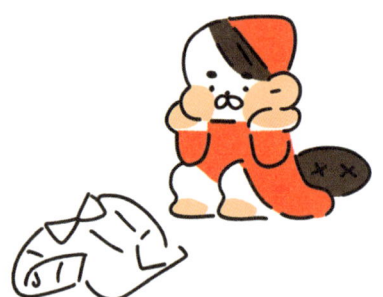

여러분, 제가 화수분이었어요!
다이아몬드가 끝없이 생기더라고요.

살이 찌고 나면 자잘한 실패가 쌓인다.

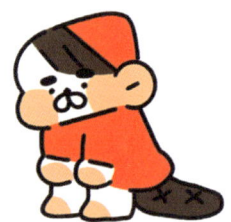

옷을 사는 일에 특히 그렇다.

FREE?

이게?

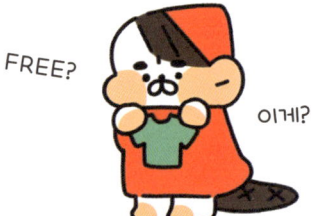

간신히 옷을 골랐는데 옷이 맞지 않고,
그 일을 시인하는 데 그치지 않고,
다른 사람의 실망도 함께 봐야 한다.

안 맞아…

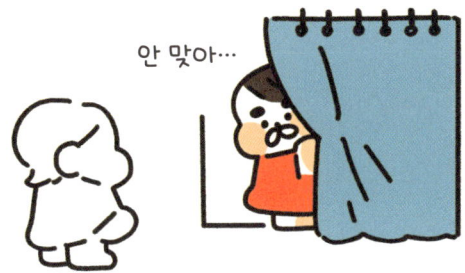

사는 동안 작은 성공을 쌓아가는 일은
우리를 즐겁고 편안하게 만든다.

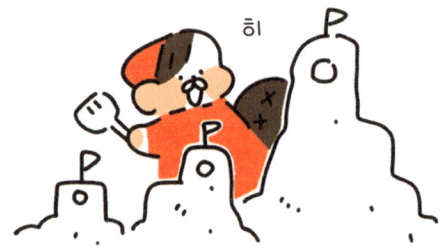

반대로 작은 실패들은
사람을 불안하고 쪼그라들게 만든다.

삽이 부러졌어…

모래가 안 뭉쳐지네…
물도 없고…

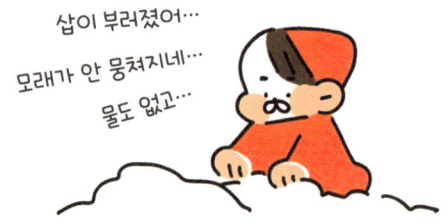

나에게는 옷을 사는 일이 작은 실패다.
내 시간, 동행한 사람의 시간, 점원의 시간까지 쓰는데도

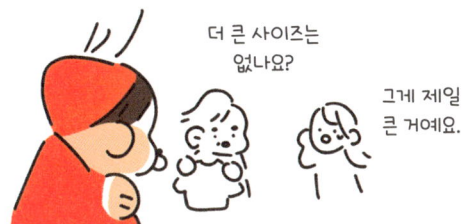

얻어 오는 것이 없으니 속상하다.

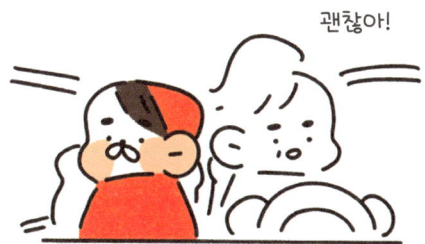

남의 시간을 쓰는 것이 싫어서
옷은 대부분 인터넷으로 구매하는데

[BIG SIZE]

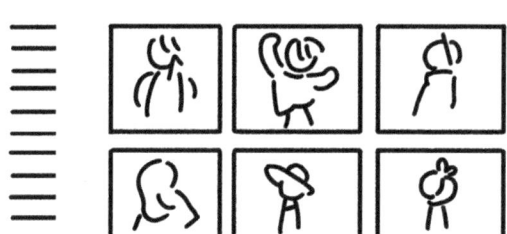

내 사이즈를 잘 모르기 때문에 그냥 제일 큰 옷을 산다.

으음, 내가 입으면
어떤 핏인지 잘 모르겠네…

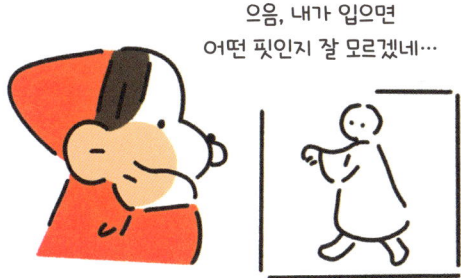

그리고 대부분 실패한다.

하하

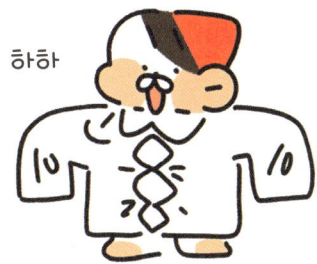

종종 어떤 옷이
정말 갖고 싶을 때가 있다.

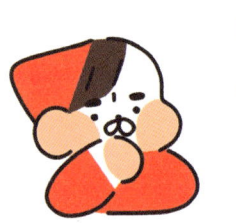
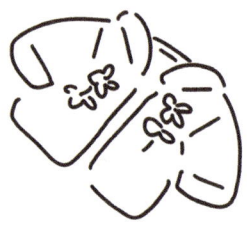

그러면 조금 고민하다가
최대한 큰 사이즈로 구매하는데

음…
과연…?

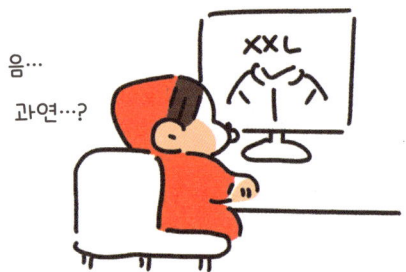

입어 보면 포대 자루인데도
핏은 안 맞는다.

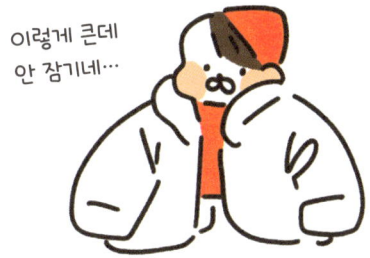

이렇게 큰데
안 잠기네…

버리기에도 그냥 두기에도 아까워서 친구들에게 옷을 선물하는데,
친구에게 정말 잘 어울리는 모습을 보면 다시 속상해진다.

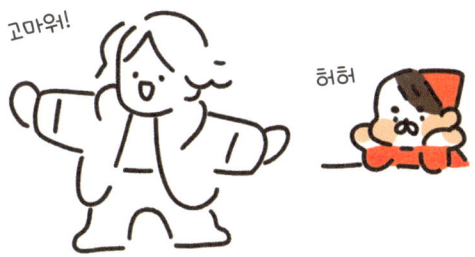

고마워!

허허

우
리
를
위
한
옷

어떤 옷을 입어도 품이 예쁘지 않아
실망했었는데

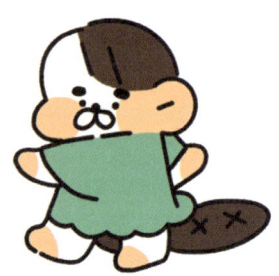

△

또 어떤 옷은 입으니 태가 아주 잘 났다.

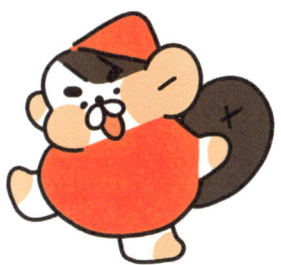

동생이 그걸 보더니 가지고 가서 입어보았는데
도무지 태가 나지 않았다.

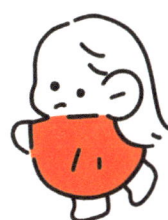 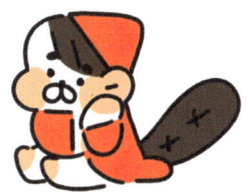

그때서야 비만인 사람을 위한 디자인이
따로 있다는 것을 알았다.

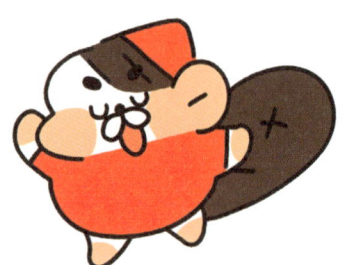

있긴 있구나!

저 사람에게 맞는 옷이 있듯,
나한테도 맞는 옷이 있다는 사실에
내가 문제가 아니라는 것을 확인받은 기분이었다.

입고 싶은 옷 대신 맞는 옷을 고르며
실망과 안도를 하지 않아도 된다는 사실에 마음이 조금 편해졌다.

66100이라는 곳을 알게 되어
옷을 사러 갔다.

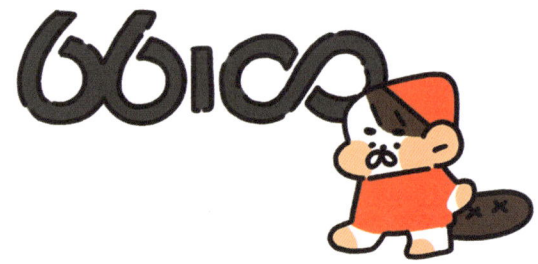

옷을 입으니 내 몸에 딱 맞아서 사이즈가 아닌
디자인을 보며 고를 수 있었다.

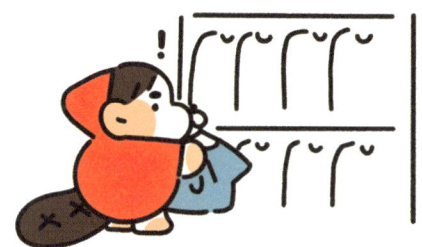

내 몸에 딱 맞는 옷을 입은 그날,
거리는 뮤지컬 속 무대가 펼쳐진 것 같았다.

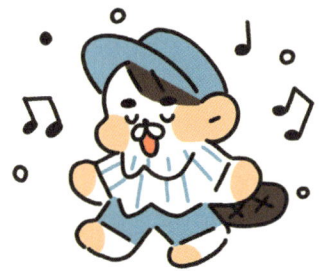

비
만
인
을
위
한
디
자
인

갑작스럽게 면접을 볼 일이 생겼다.

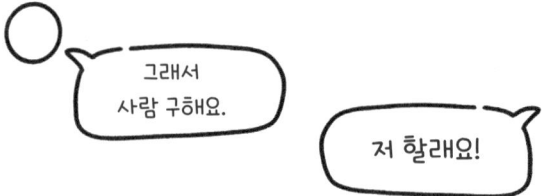

그래서
사람 구해요.

저 할래요!

프리랜서로 4년을 지냈는데
이런 유형은 회사에서 별로 좋아하지 않을 거라는 생각이 들었다.

흐음

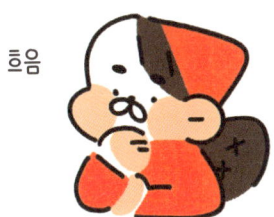

그래서 '직장인으로 살겠다는 각오를 보여주자' 하는 마음에
각이 딱 잡힌 바지 정장을 사러 갔다.

보이는
각오!

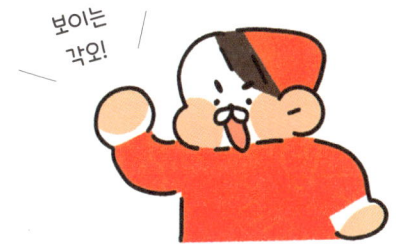

남성용 바지 정장을 입어봤는데 정말 놀라웠다!
배가 나온 것이 아무런 문제가 되질 않았다.

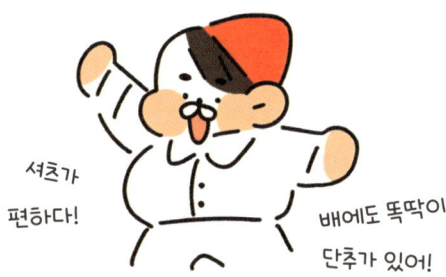

셔츠가
편하다!

배에도 똑딱이
단추가 있어!

골반 때문에 바지는 다른 곳에서 구매했지만
여기에는 비만인을 위해 디자인된 옷이 있구나 싶어 부러웠다.

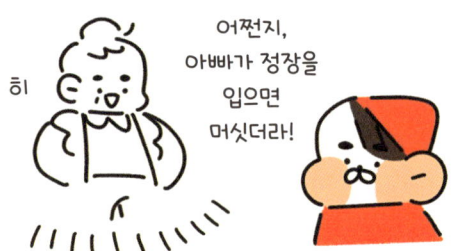

히

어쩐지,
아빠가 정장을
입으면
머싯더라!

운동 결심

1

살을 빼고자 결심하는 일은
무척이나 어려웠지만 몇 번은 있었다.

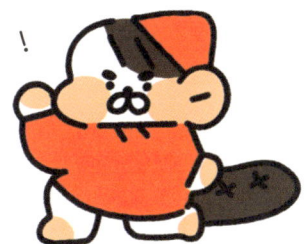

어느 날은 운동을 하겠다고
힘차게 운동장을 걷다가

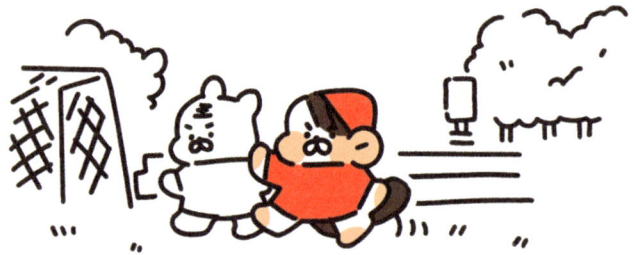

골대 끈에 발이 엉켜서 넘어졌고
발목에 깁스를 했다.

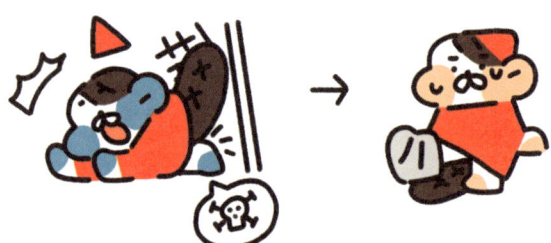

깁
스
를

풀
기

까
지

깁스한 발목이 다 나을 때까지
한 달이 걸렸고

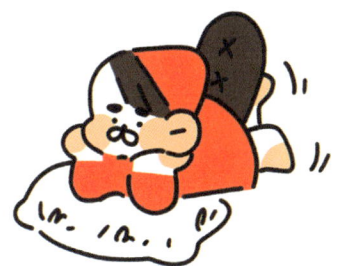

운동을 다시 시작하기까지는

또 다치는 거
아냐?

굳이 해야
하나…

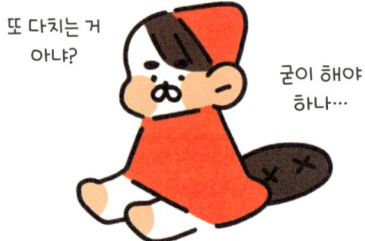

석 달이 걸렸다.

그래도
해야지.

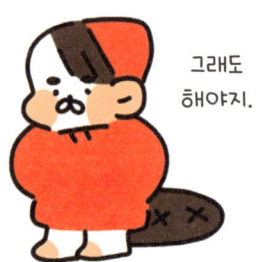

100kg이 넘고 나서 위기감을 느껴
퇴근길에 걸어보기로 했다.

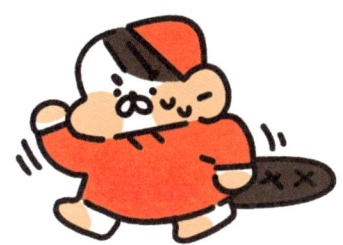

그대로 넘어져서 발톱이 부러졌다.

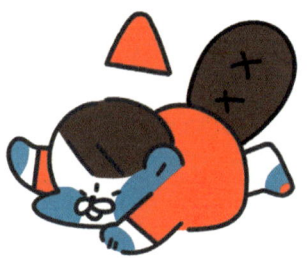

쉽게 찾아오는 결심이 아닌데.

운
동
을

시
작
하
는

사
람

편집자님과 이야기를 나누다가

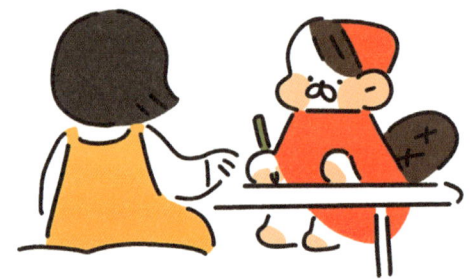

산을 좋아하는 사람과
산에 아예 안 가는 사람은 있는데

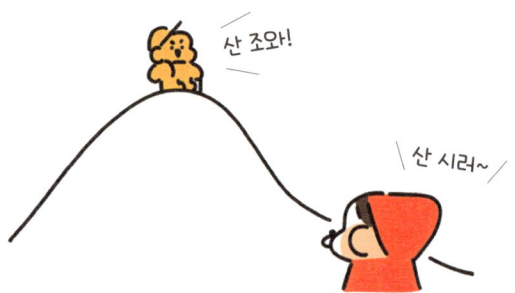

산 조와!

산 시러~

등산을 막 시작한 사람의 이야기는
찾기가 쉽지 않은 것처럼

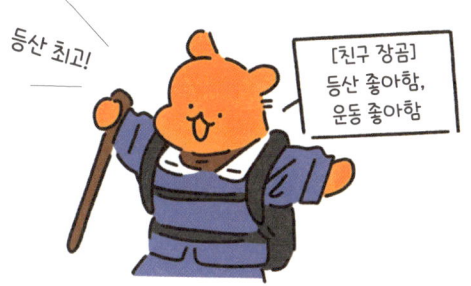

운동을 즐기는 사람과 운동을 싫어하는 사람은 많은데
이제 막 운동을 시작한 사람의 이야기가
의외로 눈에 잘 띄지 않는 것 같다는 생각을 했다.

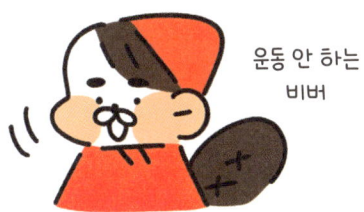

'그러면 내가 한번 운동을 해볼까?'
했지만

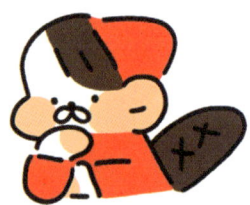

새로운 일을 시작하기엔 지금 하는 일이 너무 많았다.

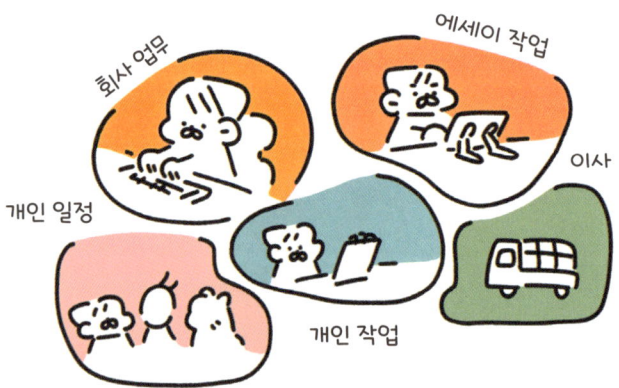

회사 업무

에세이 작업

이사

개인 일정

개인 작업

그러던 중에 좋은 이야기를 들을
기회가 생겼다.

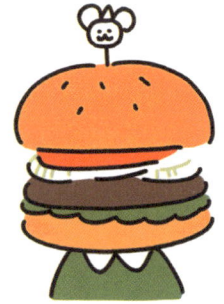

내 그림을 오랫동안 좋아해주신 소설 작가
화백님께 운동에 대해 여쭤봤다.

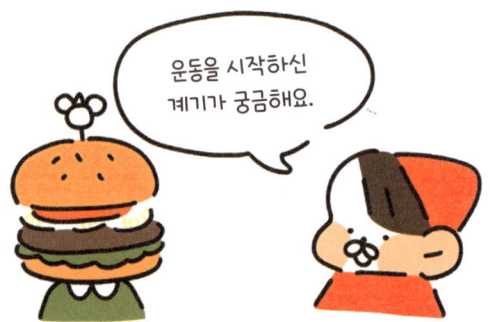

운동을 시작하신
계기가 궁금해요.

80kg이 넘으니까 골반, 발목이 아픈 게
심해졌고 간단한 움직임도 힘들어졌어요.
90kg이 넘으니까 숨 쉬는 것도
의식적으로 해야 했고요.

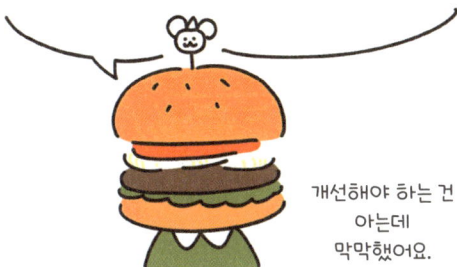

개선해야 하는 건
아는데
막막했어요.

그러다 좋아하는 뮤지컬 배우님이
달리기를 좋아해서 "같이 뛰자!"라는 말을
숨 쉬듯이 하셨는데,

"침대에서 일어나서
현관까지만 나갔다 와도 돼요!"

라는 말에 강제로
걷는 구간을 만든 게
계기가 되었어요.

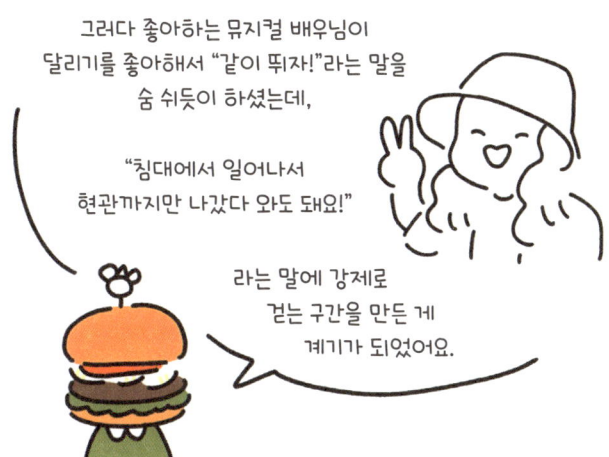

그 배우와 무언가 공유하는 것이 즐거워
숨이 차는 걸 기분 나쁜 상황으로 받아들이지 않고
얼마만큼의 효과가 날지 생각하지 않고 일단 걸으며

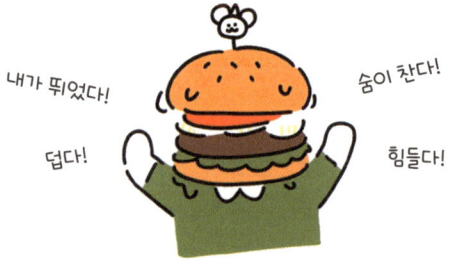

내가 뛰었다!

숨이 찬다!

덥다!

힘들다!

'내가 뛸 수 있네!', '택시를 안 부르고 집까지 걸었네!'라고
변하는 스스로를 발견하며 신기했다고 한다.

사명감이나 목적 없이 그냥 신기한 마음으로 했는데

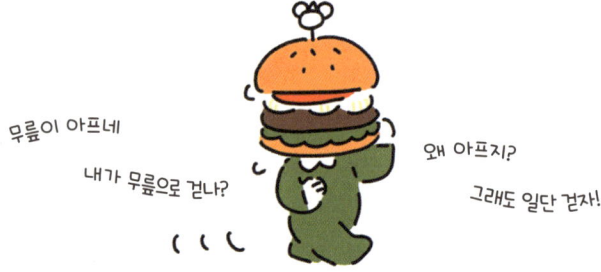

무릎이 아프네

왜 아프지?

내가 무릎으로 걷나?

그래도 일단 걷자!

그렇게 1년이 지나니까 다른 운동을 할 때도
몸이 어떻게 움직이는지 원리가 궁금해졌고

견갑골을 움직이면 쇄골 아래에 있는 근육도 움직이는 게
신기해서 헬스도 잘 하는 중이라고 했다.

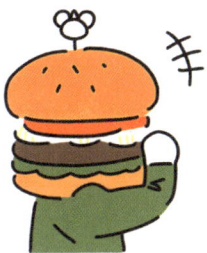

나는 운동을 사명감이나 숙제로 여겨서 더 하기
힘들었던 거라는 이유를 찾았다.

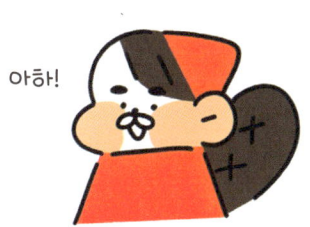

아하!

운동을 생각하는 게 조금 더 즐거워졌다.

뚱뚱한 사람, 날씬한 사람.
보통 체형을 나눌 때 이 두 그룹을 떠올리지만

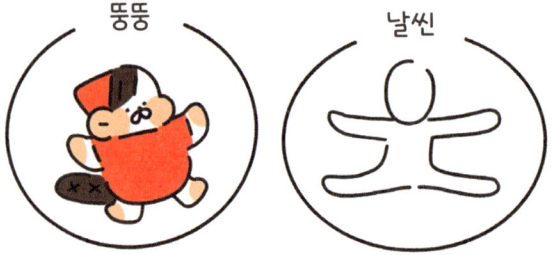

뚱뚱   날씬

국가대표 운동선수들의 체형이 담긴 사진을 본 적이 있다.
종목마다 '같은 인간이 맞나?' 싶을 만큼 체형이 달랐고,
특정 체형이 유리한 종목이 있다는 사실도 발견했다.

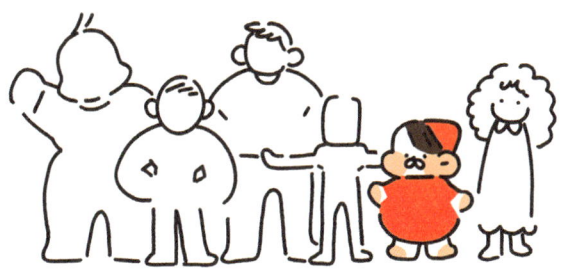

나는 어떤 종목에 적합할까 궁금해졌다.

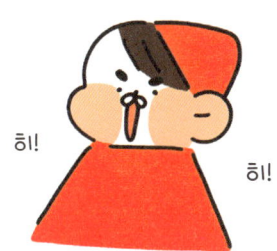

히!   히!

어떤 운동을 해보면 좋을까 고민이 될 때는
운동선수들의 체형이 담긴 사진을 다시 찾아본다.

나와 비슷한 체형의 선수를 찾고,
그 선수는 어떤 종목에서 뛰고 있는지 살펴본다.
'나는 어떤 운동에 적합한 체형일까?'에 대한
실마리가 잡히는 듯하다.

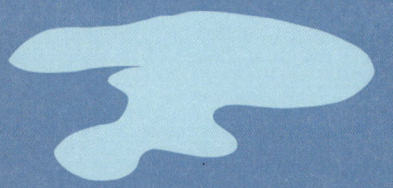

PART 4

100kg의 마음

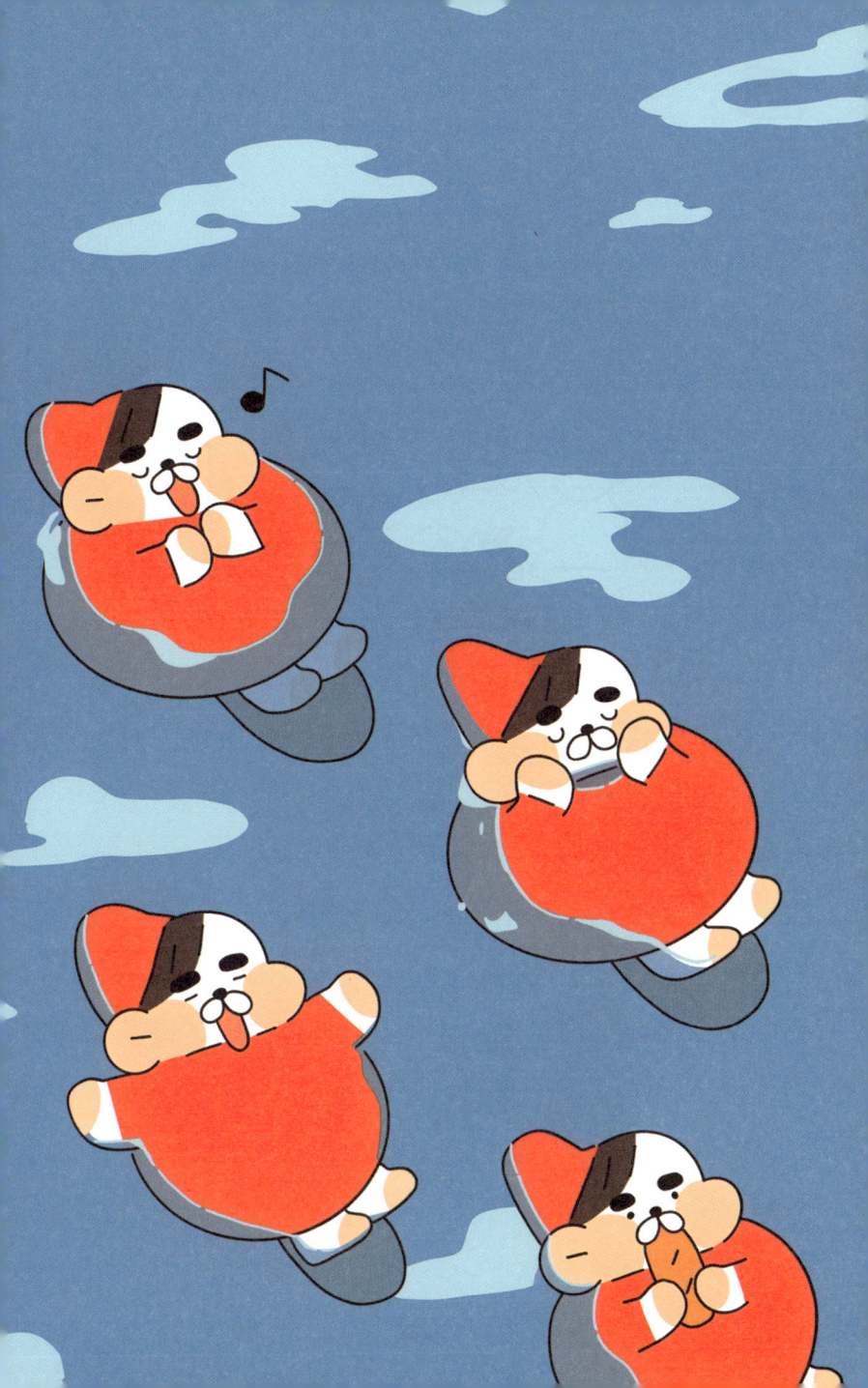

집안의 문제로 나와 동생은 이모네 집에 맡겨져
초등학교 저학년 때부터 고학년 때까지 이모의 가족과 함께 지냈다.

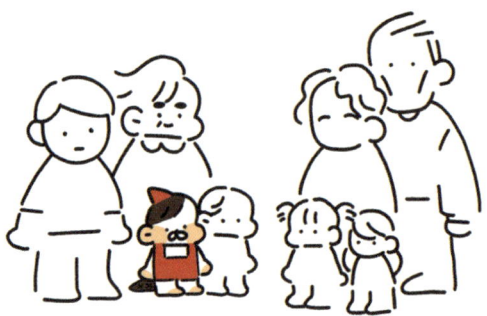

그때 우리의 주양육자였던 친척의 학대로
나는 우울증과 음식에 대한 집착이 생겼다.

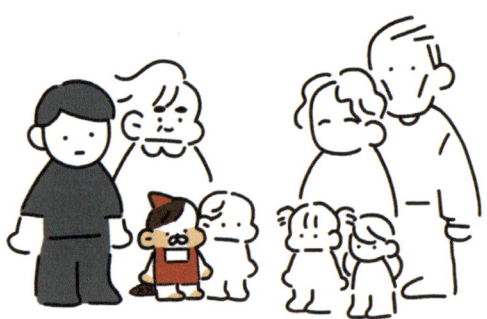

간장달걀밥이 기억 난다.

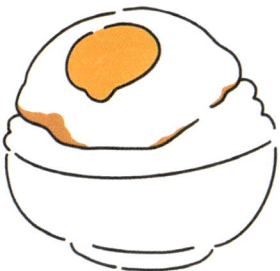

친척은 한 명씩 밥에
간장과 참기름을 둘러준 다음

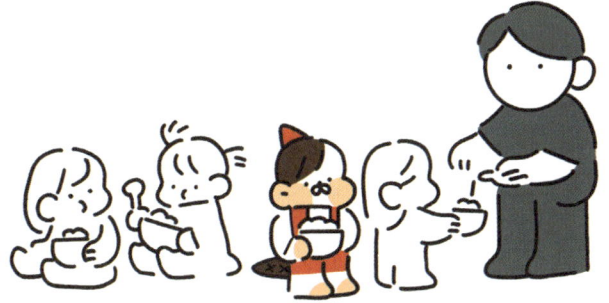

내 차례가 되자
"너는 첫째니까 네가 알아서 먹어" 하고 가버렸다.

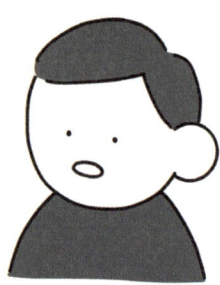

나는 초등학교 저학년이었다.

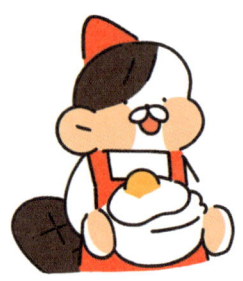

▲

초등학교 고학년 때
스파게티가 정말 먹고 싶었던 날이었는데

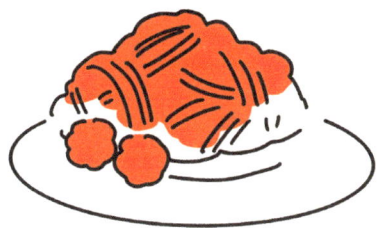

친척이 해줄 것 같지 않아서
슈퍼에서 스파게티 컵라면을 사다가 방 안에서 몰래 먹었다.

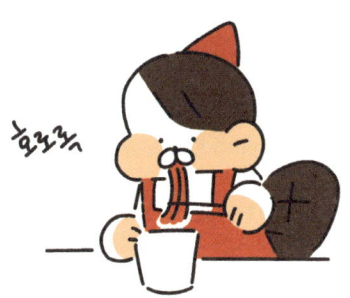

후르릅

친척은 나를 발견하고는 웃더니

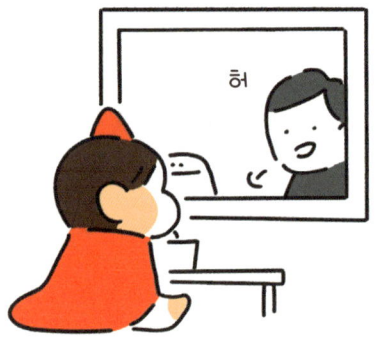

나를 빼고 동생들에게 진짜 스파게티를 해주었다.

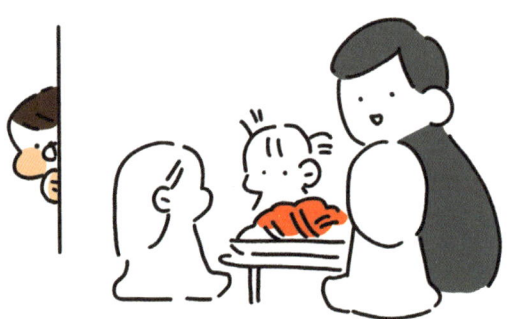

이 시절부터 방에 숨어서 음식을 먹었고

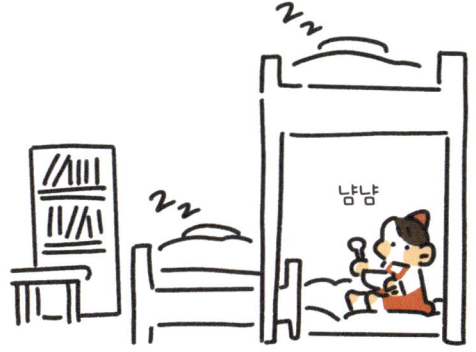

밤마다 몰래 컴퓨터를 하며 온갖 괴담과
무서운 것들을 찾아서 보기 시작했다.

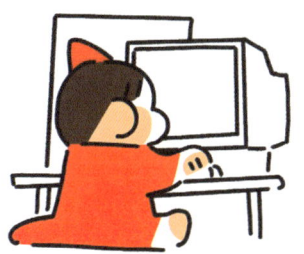

나는 1년간 악몽을 꾸었고,
고등학생 때는 환청을 들었고,
20대 중반까지 환각을 보았다.

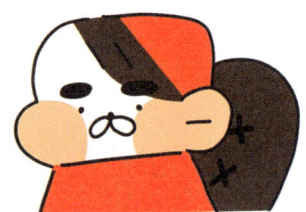

그리고 우울증은 여전히 치료 중이다.

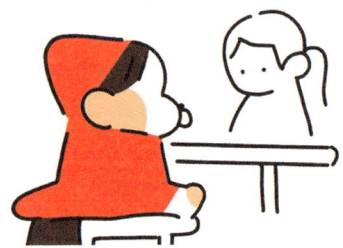

우울증의 뿌리

내 우울증의 뿌리를 찾은 지는
몇 년 안 되었다.

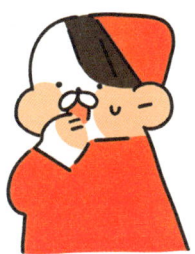

여전히 그때의 일들을 떠올리면 눈물이 나지만
이제는 힘없던 아이가 아니라
어른임을 알고 있어서 괜찮다.

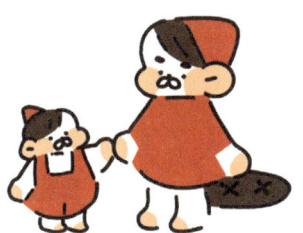

내가 뚱뚱해서

내가 좋지 않은 대접을 받았을 때

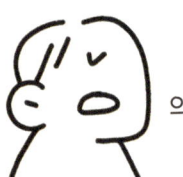

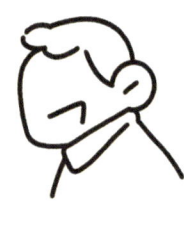

'내가 뚱뚱해서 그런 건가…?' 하고
생각하게 된다.

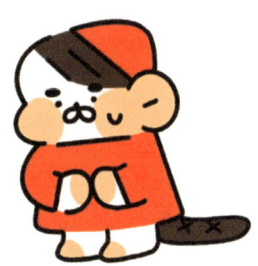

스스로를 '그런 대접을 받아도 되는 사람'으로
점점 생각하게 된다.

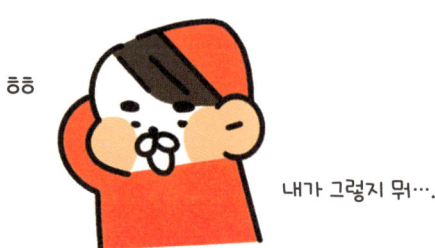

흑흑

내가 그렇지 뭐….

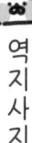

아빠가 담배를 끊고 살이 쪘다.

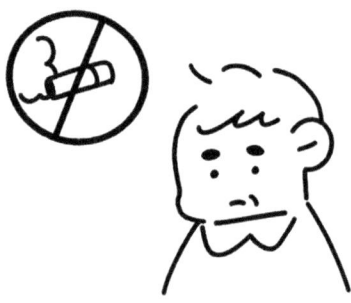

살이 어느 정도 쪘을 때는
'언제든 뺄 수 있겠다' 하는 확신이 있었는데

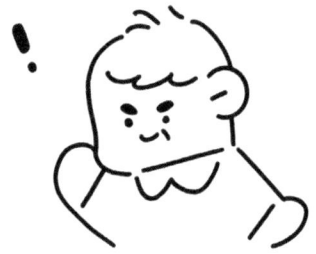

살이 그 이상 찌고 나니
뺄 수 있겠다는 생각이 들지 않았다고 한다.

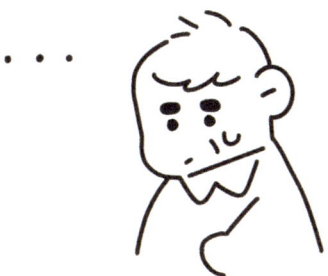

그리고 '내 딸도 이랬겠구나' 하는
생각이 들었다고 한다.

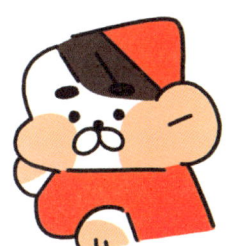

가족이나 친구들이 내 걱정을 할 때

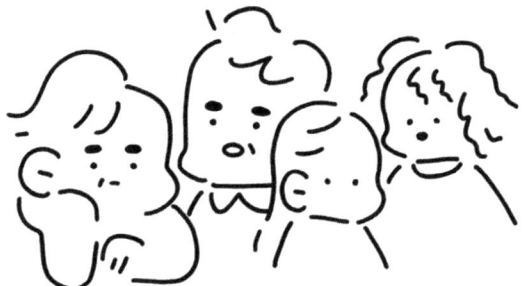

얼마나 체중을 감량해야 건강해질 수 있을지
계산을 해본다.

흠, 내가 100kg이니까
60kg가 되려면
40kg을…

타닥
탁

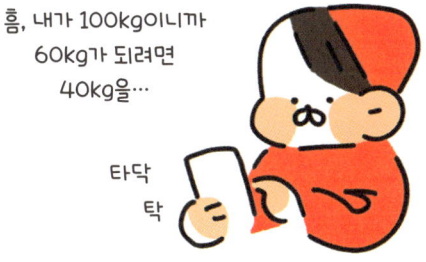

참 막막하다.

친구 하나가 내 몸에서
나가야 하네~

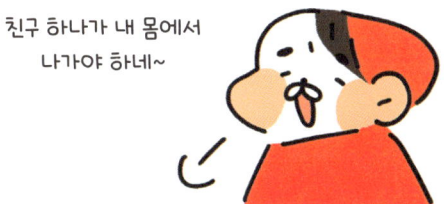

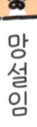

망설임

버스나 지하철에 자리가 있어도 망설인다.

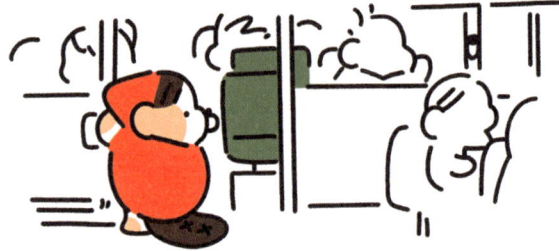

자리가 모자라 보이고, 남이 불편할 것 같아서
그리고 내가 불편해서 앉지 못 한다.

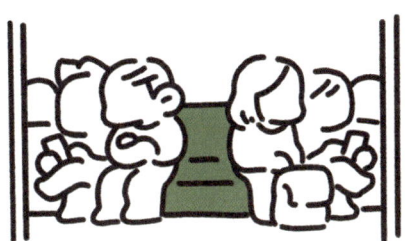

그렇게 서서 가면 다리가 아프다.

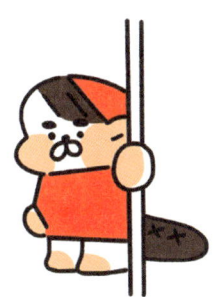

지금은 자리가 생기면 그냥 앉는다.

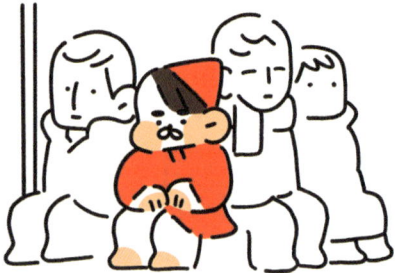

배려하시는 분 옆에서는
나도 조심히 앉고

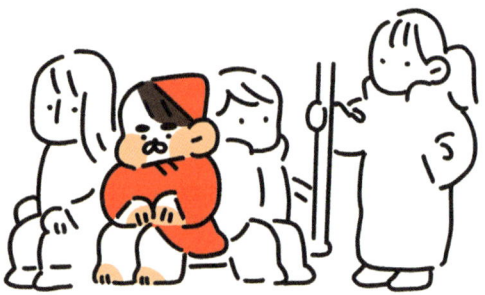

쩍 벌리고 앉는 놈 옆에서는
나도 벌리고 앉는다.

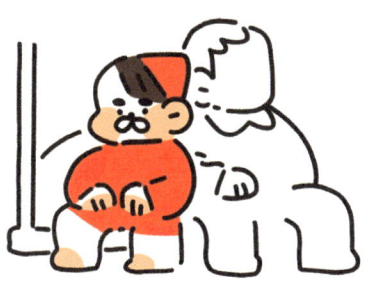

살 만하다.

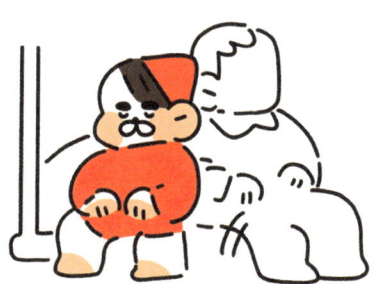

나는 아주 어릴 적부터
나와 남을 비교하며 살았다.

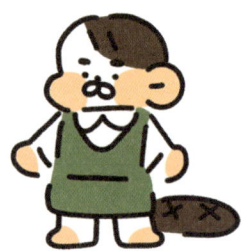

중학생 때였나, 수영장에서 몸을 드러내기
부끄러워하는 나를 보고 친구들이

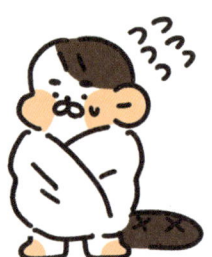

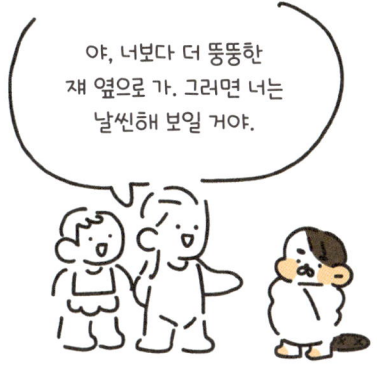

라고 말했다.

이 말은 나를 웃게 했지만 조금 씁쓸한 기분이 들었는데,
그때는 이유를 몰랐다.

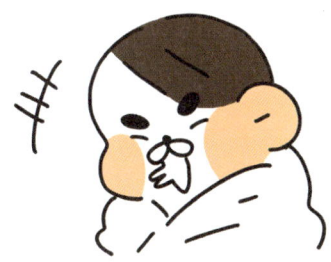

길거리를 걷다 보면 나만큼
혹은 나보다 뚱뚱한 사람을 찾는다.

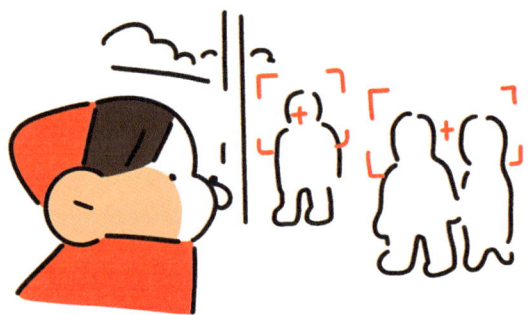

내가 평가를 당하다 보면
남을 평가하게 된다.

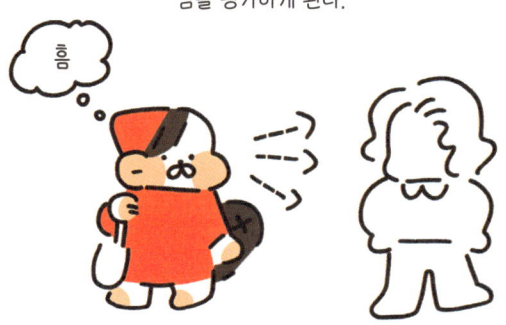

그게 익숙하니까.
하지만 그러지 않으려 노력한다.

보지 말자!

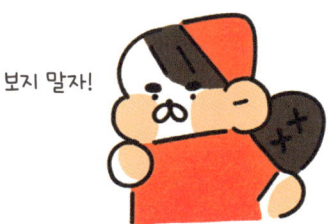

비
교
하
지

않
을

테
다

사람들을 비교하지 않기 위해
작은 규칙을 세웠다.

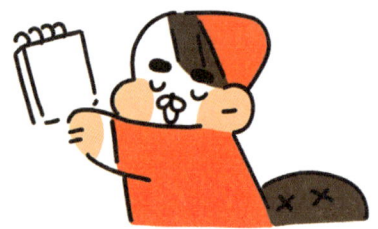

길을 걸을 때는 하늘이나 나무,
신호등이나 건물을 보는 것이다.

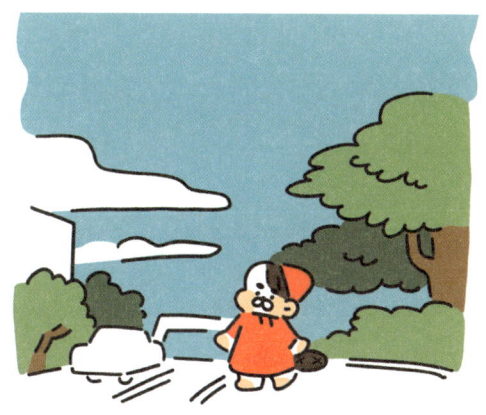

얼핏 비슷비슷해 보이지만
자세히 들여다보면 서로 다른 구석이 있다.

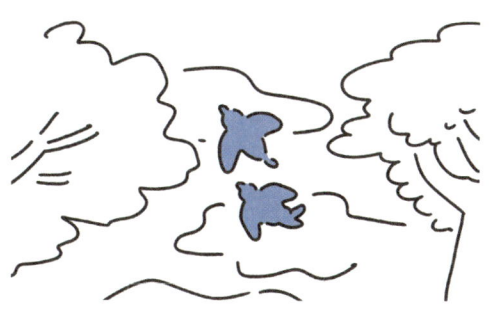

사람을 꼭 마주봐야 하는 상황에서는
생각을 단순하게 만들고 대화에 집중한다.

빨간색 옷이다!

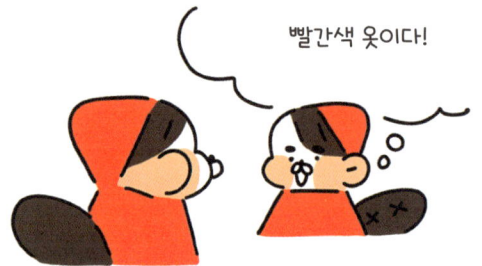

악의가 담기지 않은 비교여도
비교를 시작하면 무례한 생각이 이어지기 마련이다.

그래서 출퇴근길에는 무조건 하늘을 쳐다본다.
해가 뜨고 지는 시간에 내가 좋아하는 것을 본다.

사람을 봐도 옷 색깔 정도만 기억할 수 있게
단순하게 생각하는 연습을 한다.

'아, 저 사람은 빨간색 옷을 입었네'
'빨간색 옷이네'
'빨간색이네'

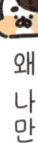

왜
나
만

가족들과 나는 기질적으로 참 다르다.

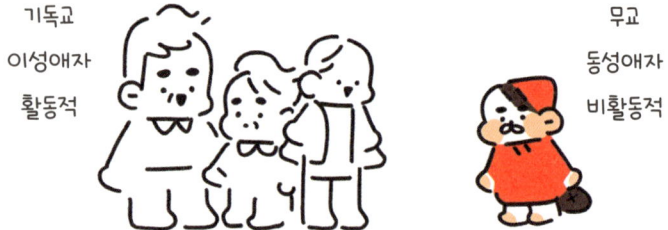

기독교   무교
이성애자   동성애자
활동적   비활동적

분명히 네 가족이 모두 힘든 시기를 보냈는데

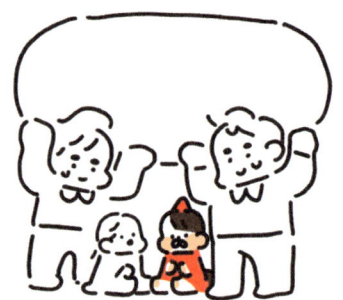

나만 갈무리를 못하고 계속 힘든 티를 냈다.

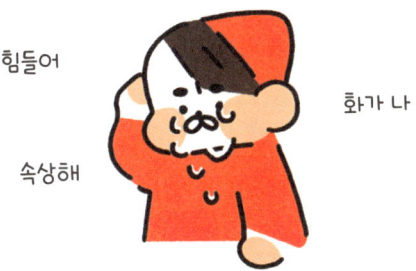

왜 나만 이럴까?
왜 나만 이걸 덮지 못해서 가족까지 힘들게 만들까?

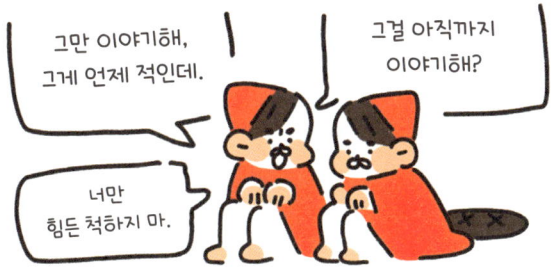

낫는 상처, 곪는 상처

엄마에게 힘들다는 이야기를 털어놓았다.

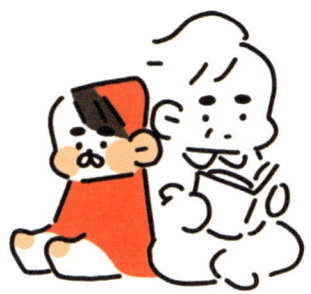

엄마는

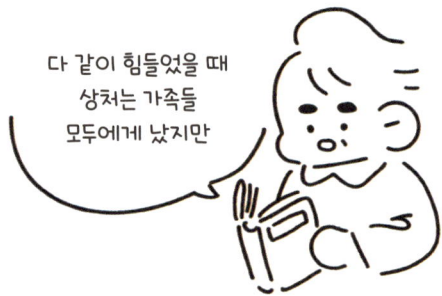

다 같이 힘들었을 때
상처는 가족들
모두에게 났지만

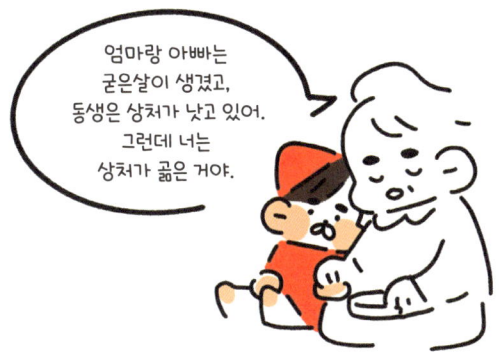

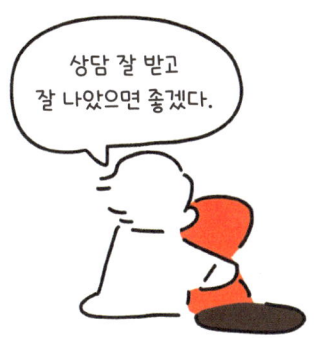

라고 했다.

제대로 건강해지는 방법은 너무 멀게 보이고

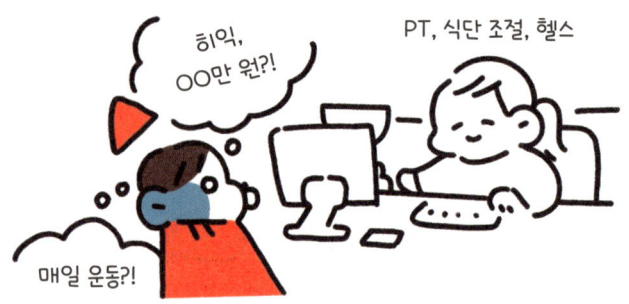

히익,
OO만 원?!

PT, 식단 조절, 헬스

매일 운동?!

잘못된 방법은 쉽고 가까워 보인다.

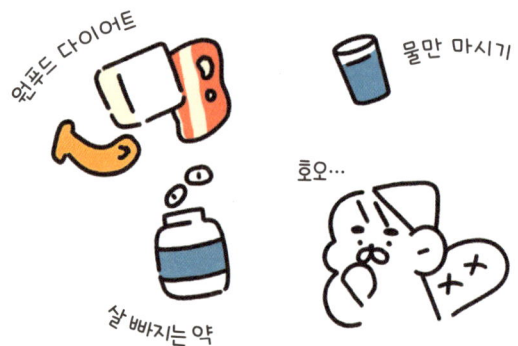

원푸드 다이어트

물만 마시기

호오…

살 빠지는 약

그렇게 잘못된 방법들을 시도하고 실패하며

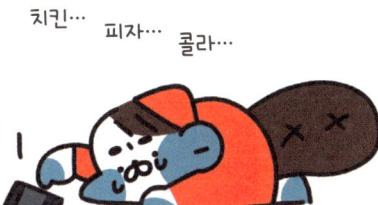

자신에 대한 신뢰를 잃는다.

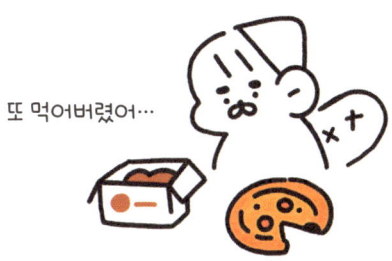

오늘 할 일이 무엇인지 알지만 선뜻 실행하지 못하는 건
또 실패할지 모른다는 두려움 때문일 수 있고,
그동안 계속해온 실패에 지쳐 있기 때문일 수도 있다.

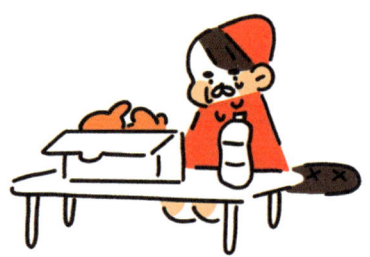

그렇지만 어쩌면 내일은 오늘보다
아주 조금 더 잘해낼 수도 있다.

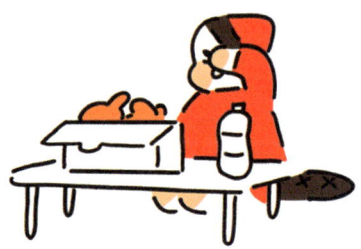

당장 배달 음식을 끊거나
헬스장에 등록하는 큰 결심이 아니라

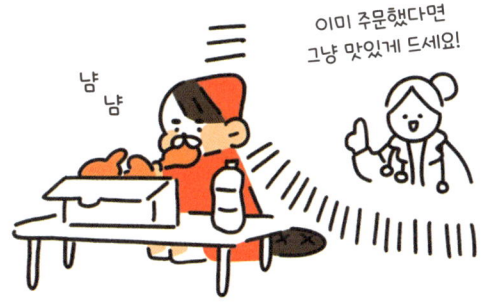

물 한 잔, 딱 한 모금만이라도 더 마셔가며
작은 성공을 차근차근 쌓아나가면 된다.

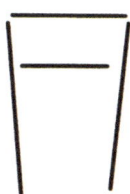

하루 깜빡하더라도 '너는 왜 이런 것도 까먹냐'라며 자책하거나
'아, 어제 물을 한 잔 더 마셨어야 했는데' 하며 지나간 일에 신경 쓰지 말고,
다음 날 다시 물을 한 잔 마시자. 그러면 된다.

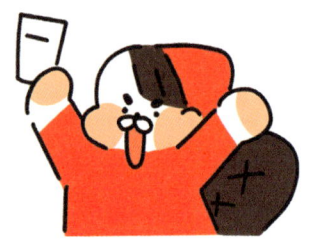

아주 조금씩이지만 할 수 있다.

EASY MODE

작은 성공을 이뤄내기 위해 하는 일이 있다.

짜

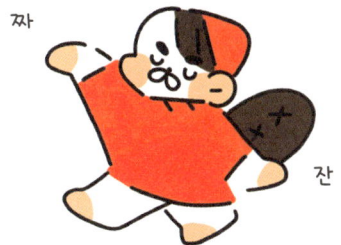

잔

물을 한 잔 마시는 것이 내가 세운 목표라면

+1

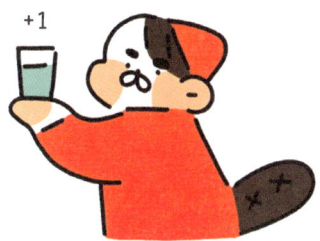

물을 여러 병 사서 눈이 닿는 모든 곳에 늘어놓는다.
고양이의 음수량을 늘릴 때처럼.

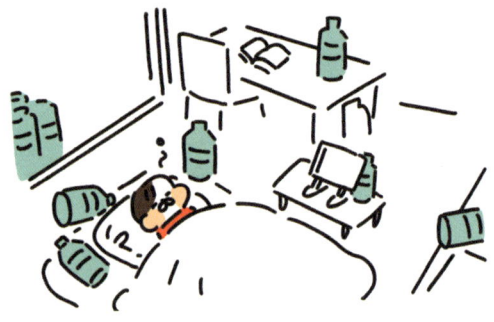

그러면 물병을 볼 때마다 물을 마시는 게 쉬워진다.

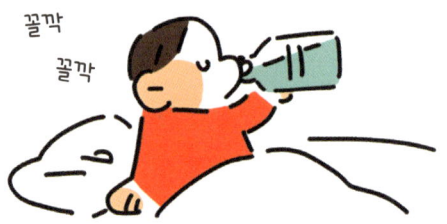

꼴깍
꼴깍

이미 몸과 마음이 지쳐 있는 상황에서
의식적으로 챙겨서 물을 마셔야 하는 것보다
훨씬 힘이 덜 들어가는 실행 계획이다.

한때 계획하고 실행할 힘 자체가 일상에 남지 않아,
어떤 일이든 시도조차 못 했던 적이 있었다.
너무 많은 실패를 해왔고, 그런 실패에 지쳐 있었으니까.

지금은 조금 나아졌다.
내일의 나를 위해 매일 작은 성공을 차근차근 쌓고 있다.

물 한 잔 더 마시기를 결심한 다음
생수를 여러 병 사서 침대 머리맡, 일하는 책상, 거실 테이블에 두었다.

눈에 보이는 작은 과제를 마치고 나면 다음 단계의 계획도 준비할 수 있다.

'해야 한다'가 안 느껴질 만큼 작은 과제를 시도해보자.
스스로에게 '왜 잊어버렸어?', '왜 그걸 못 했어?'라는 질문을 해도
"에이, 그거 별거 아니잖아"라는 대답이 돌아올 수 있는 작은 일을 줘보자.
성공하면 호들갑을 떨며 자축하고, 실패해도 다음 번을 기약할 수 있는
작은 일들을 주변에 두자.

실패할까 두렵거나 꼭 해내야 한다는 강박이 느껴지지 않도록.

잠들기 전 나를 위로하기

잠들기 전이면 머릿속에 내 단점들이
줄줄이 떠오른다.

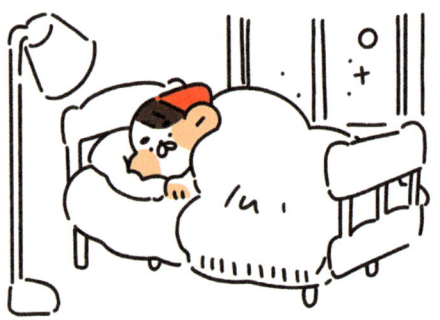

▲

단점을 찾아내는 일은 정말 쉽고,
생각이 꼬리에 꼬리를 물고 떠오르면 몸이 점점 딱딱해진다.

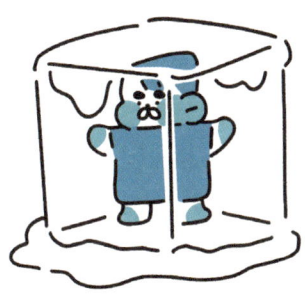

그러다 한번은
반대로 생각해보면 어떨까 했다.

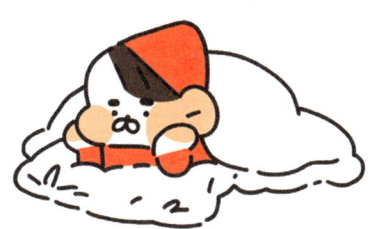

내가 친구들을 칭찬할 때처럼 스스로를 칭찬해봤다.

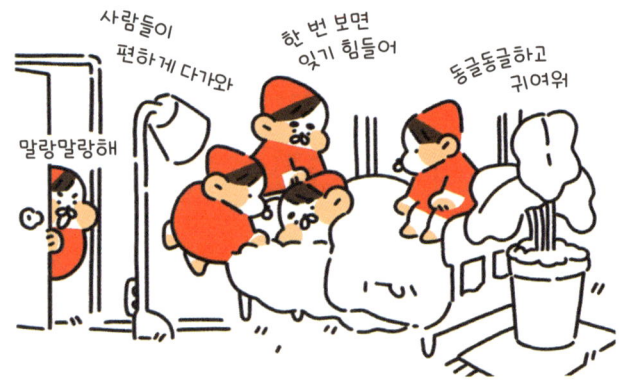

효과가 좋아서 폭 파묻히듯 잠들었다.

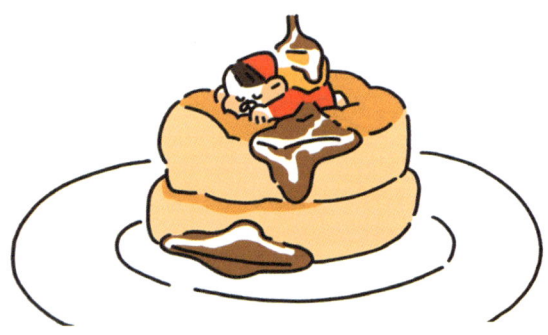

다른 사람에게 친절하고 다정하게 대하듯
나 자신에게도 그렇게 대하면
마음이 몽글몽글해지는 것 같아.

PART 5

100kg의 건강

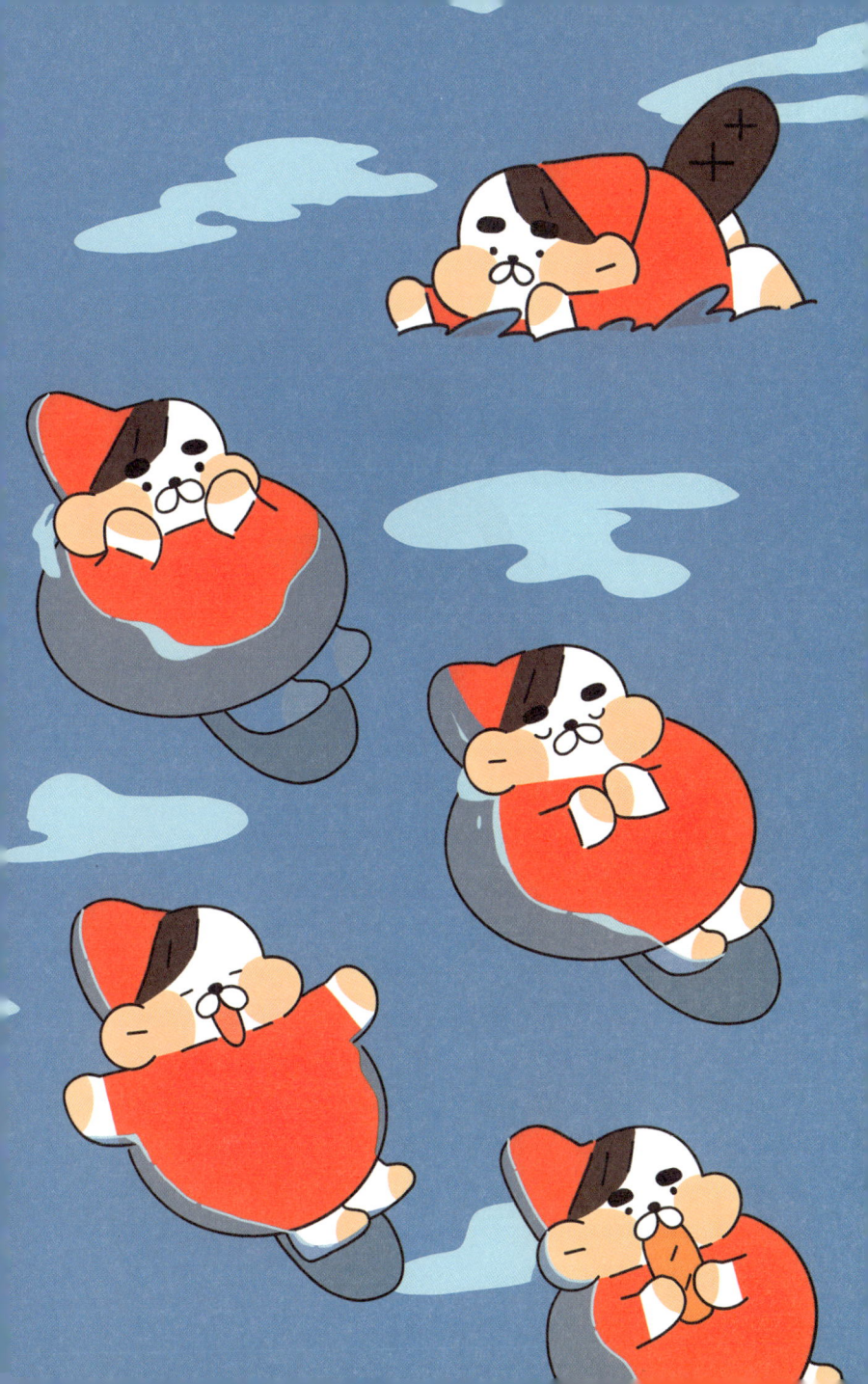

속
이
허
하
다

밥을 먹어도 속이 허하다.

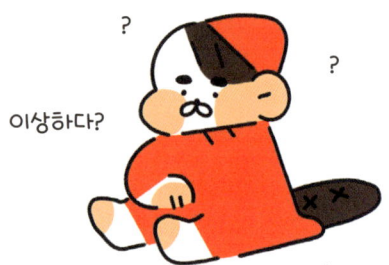

이상하다?

더 먹어봐도 속이 허하다.

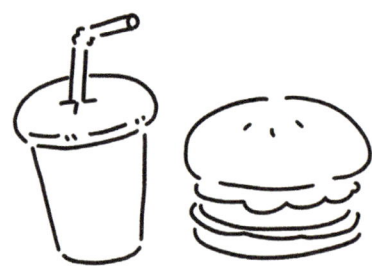

죽을 것 같이 기침을 하다가 다 토해내고

우웨엑

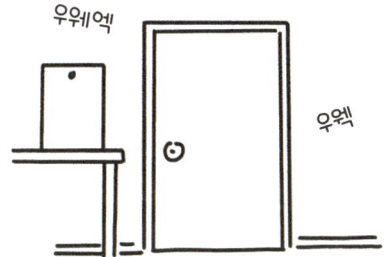

우웩

또 속이 허하다.

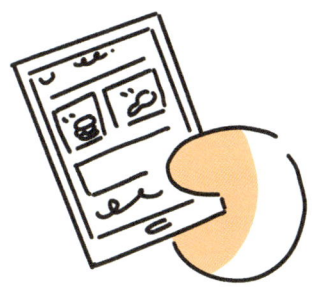

나는 매일 퇴근 후에 배달 음식을 시켜 먹었고
그로 인한 쓰레기들과 함께했다.

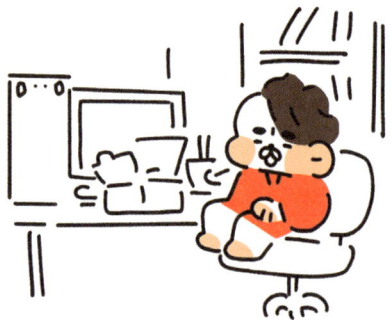

얼마 안 가,
세 가지 병명과 맞닥뜨리게 되었다.

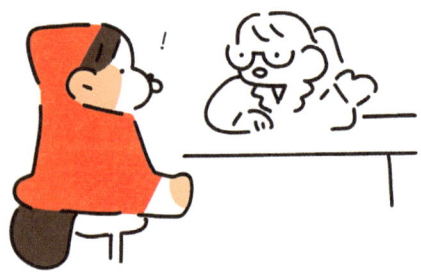

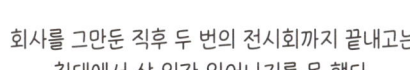

회사를 그만둔 직후 두 번의 전시회까지 끝내고는
침대에서 삼 일간 일어나지를 못 했다.

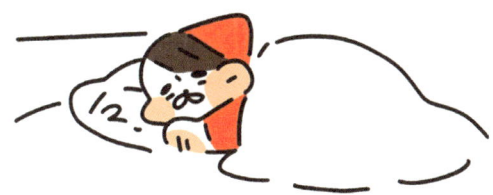

룸메들이 생사를 확인하려고
방을 들여다볼 정도로 상태가 나빴다.

비버야~!

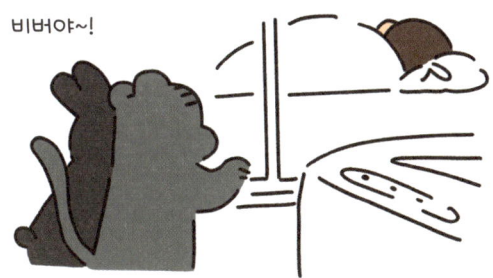

그러던 중 룸메가 혈액검사를 하러
병원에 간다길래 따라 나섰고

나도 갈래···

그래

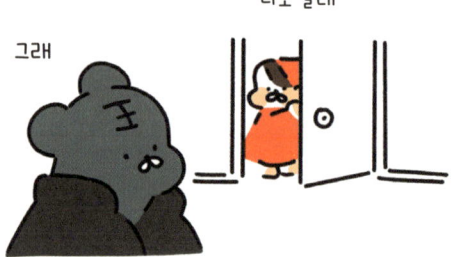

당뇨 초기, 고지혈증,
간 수치 3배라는 진단을 마주했다.

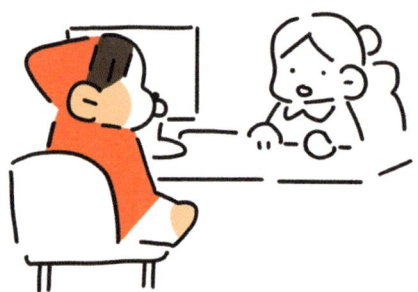

의사 선생님은 진지한 얼굴로 상태를 설명하며
당장 약을 먹어야 한다고 권했다.

보험은 있나요?

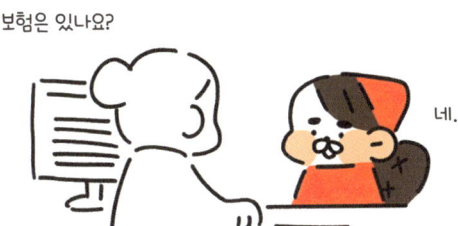

네.

무섭고 당황스러운 한편, 상태에 대한 확실한 답이 있으며
초기에 발견했다는 것에 안심했다.

약을 먹으면 덜
피곤할까요?

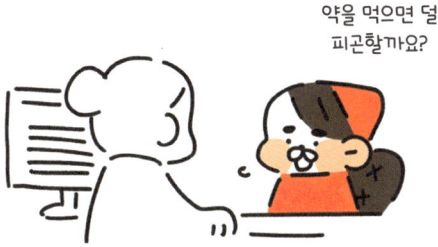

이유를 알았으니 이제는 치료할 일만 남았다.

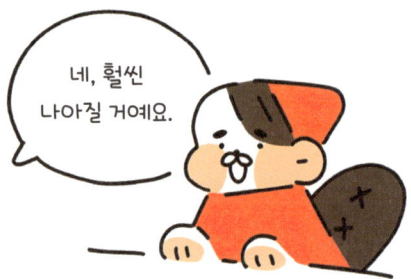

병원에서 당뇨를 초기에 잡아야 한다는 말을 듣고
룸메들의 도움을 받았다.

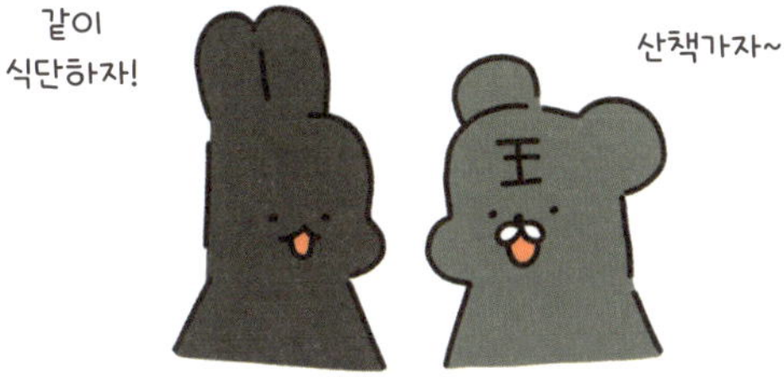
같이
식단하자!
산책가자~

먹어야 할 때 먹어야 할 음식을 먹고, 자야 할 때 자고,
움직여야 할 때 움직였다.

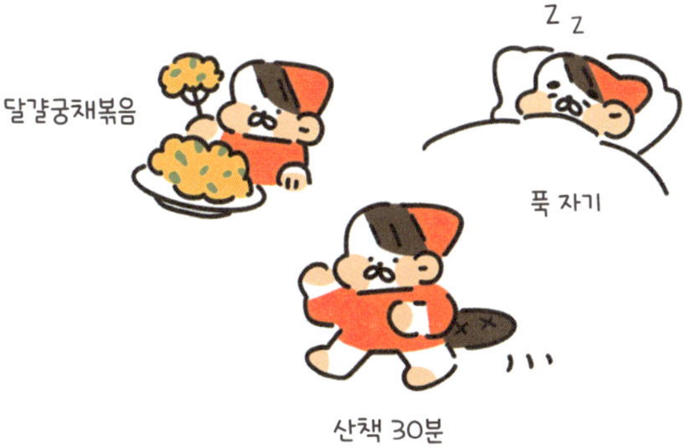
달걀궁채볶음
z z
푹 자기
산책 30분

배달 음식을 도저히 참기 힘들면 그날은 그냥 즐겁게 먹고,
다음 날 다시 건강하게 먹었다.

한 달 뒤 확실히 나아진 몸 상태로
의사 선생님께 칭찬을 받았다.

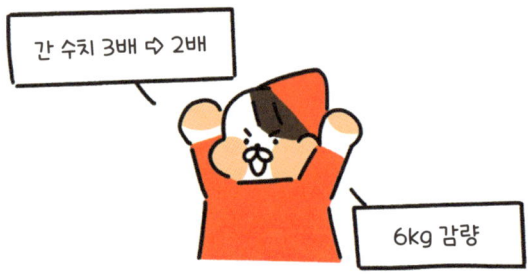

간 수치 3배 ⇨ 2배

6kg 감량

생
리
대
의

괴
로
움

나는 꽤 오랫동안 생리대를 써왔는데

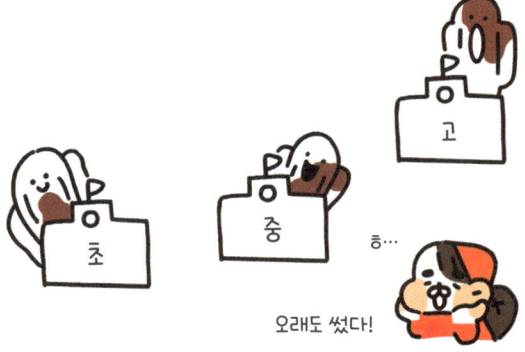

써본 사람은 알겠지만 안 그래도 힘든 피의 주간을
더 힘들게 만들어주는 친구다.

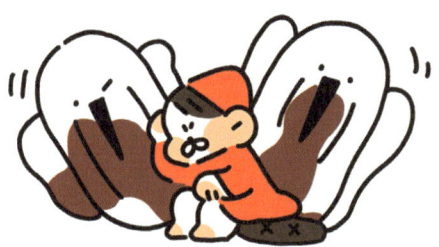

생리대에 쓸려 헐어버리는 살, 흡수되지 못한 피가 닿는 찝찝함,
심심하면 나오는 굴, 생리대 날개의 랜덤한 접착력,
생리혈이 닿으면 스멀스멀 퍼져나가는 냄새,
비 오는 날이나 더운 날이면 더더욱 증폭되는 습함까지!

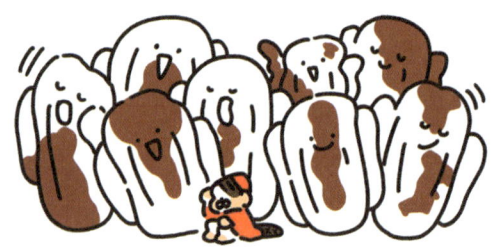

생리대에 화가 잔뜩 나 있을 때쯤
탐폰을 알게 되었다.

안녕!

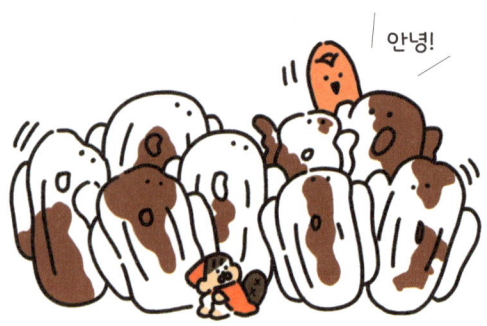

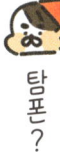

탐폰?

그때만 해도 주변에서는 탐폰을 잘 쓰지 않았다.

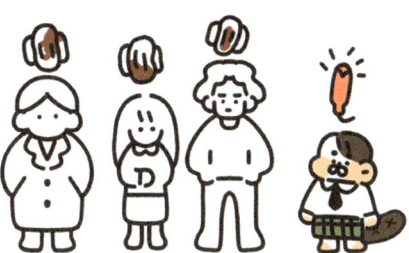

질 안에 무언가를 넣는 게 아플 것 같아서 무서웠고,
*심지어는 죽을 수도 있다고 했다.

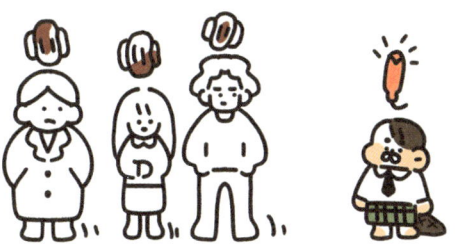

*독성 쇼크 증후군: 탐폰을 장시간 사용하는 여성 중 0.01%가 사망한다.
8시간 이내로 착용하는 게 좋다.

하지만 다 괜찮았다.
생리대가 너무 싫었다.

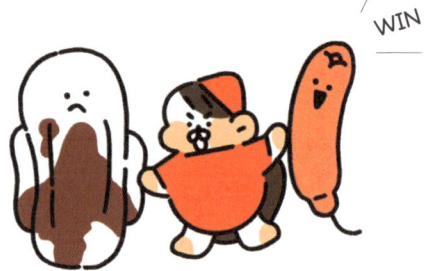

한 가지 문제가 있다면
내가 설명서를 안 읽는 사람이었다는 것….

날 읽어줘…!

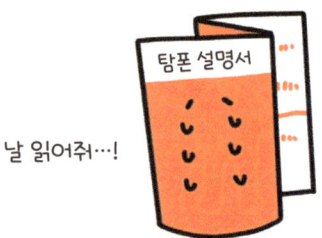

설
명
서
를
잘
읽
읍
시
다

탐폰을 쓰는 방법은 생각보다 간단하다.

1.
포장을 뜯는다.

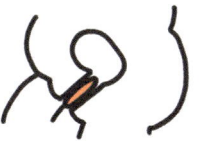

2.
변기에 앉아
질 안에 넣는다.

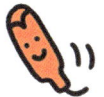

3.
외통을 뺀다.

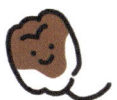

4.
6~8시간 뒤
실을 잡고 뺀다.

제대로 넣으면 넣은 걸 잊을 정도로
이물감이 전혀 없다.

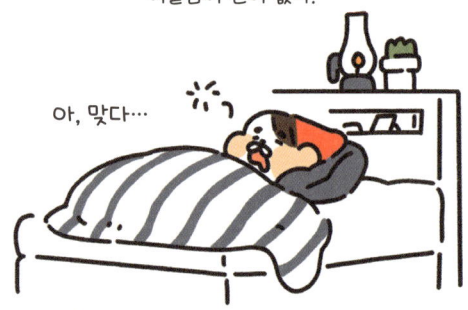

아, 맞다…

하지만 나는 설명서를 무시했고

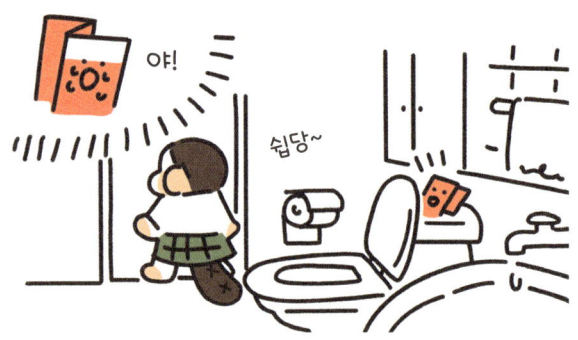

야!

쉬당~

외통은 약 6시간을 나와 함께 다녔다….

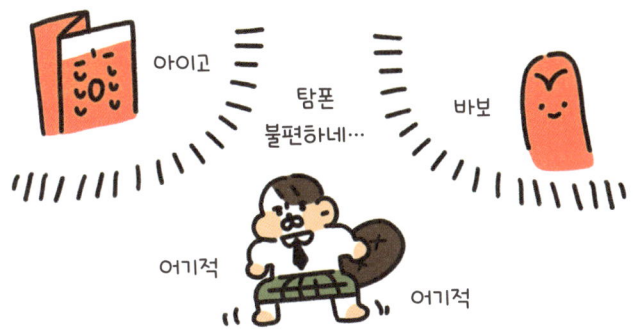

탐폰과의 이별

그렇게 탐폰과 평생을 함께할 줄 알았는데

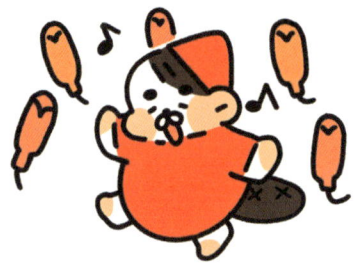

100kg이 되니 탐폰을 쓸 수가 없었다.

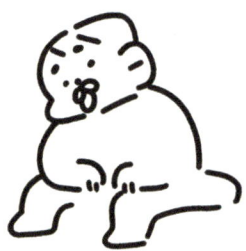

△

살 때문에 팔을 움직일 수 있는
범위가 줄어들어서 탐폰의 외통을 질 안쪽까지
넣을 수 없었던 것이다.

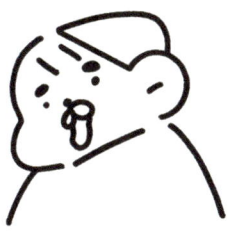

인생아….

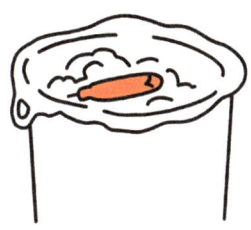

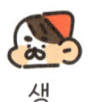

생
리
불
순

생리 불순은 생각보다 흔히 나타난다.

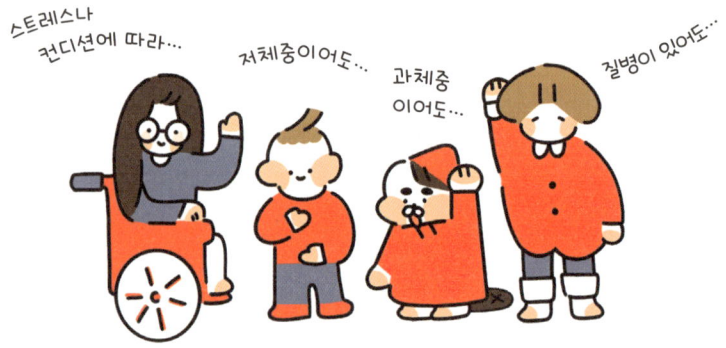

스트레스나
컨디션에 따라…

저체중이어도…

과체중
이어도…

질병이 있어도…

고도 비만인 나는 조금 심한 편이라
1년에 두 번 정도 생리를 한다.

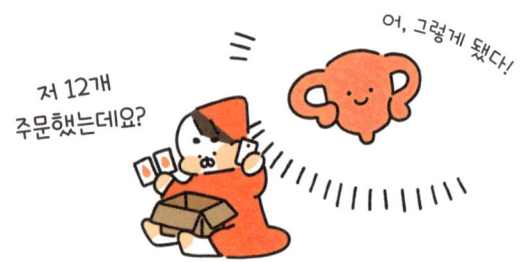

어, 그렇게 됐다!

저 12개
주문했는데요?

생리 불순은 대개 건강에 이상이 생겼을 때
나타나는 증상이기 때문에
병원에 가서 치료를 받아야 하는 걸 알지만

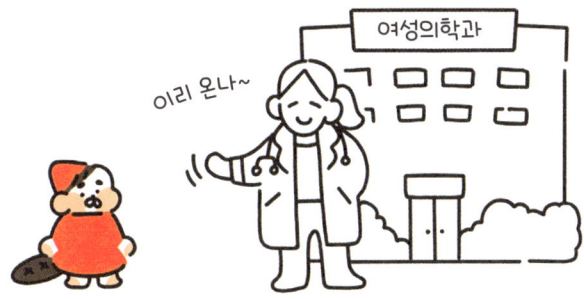

생리 없는 삶이란…

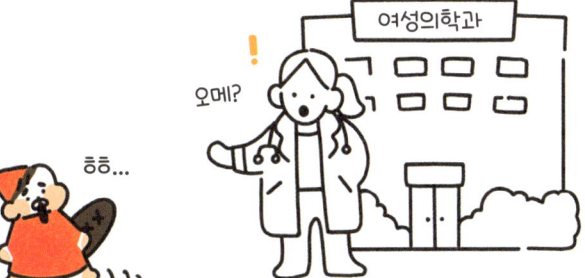

생리대 걱정, 탐폰 걱정, 생리컵 걱정과

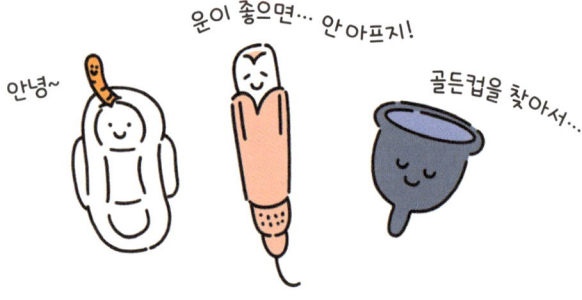

두통, 복통, 요통과

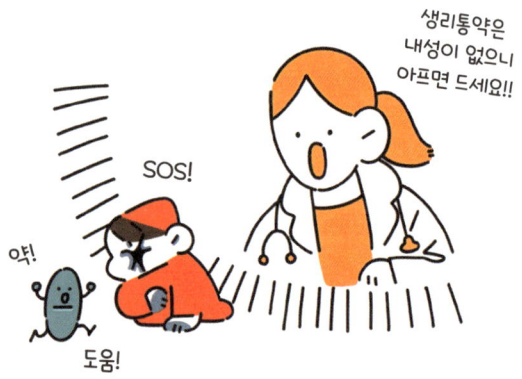

길거리나 자고 일어난 이불에서 갑자기
핏자국을 마주칠지도 모른다는 걱정과 헤어지는 삶이라서

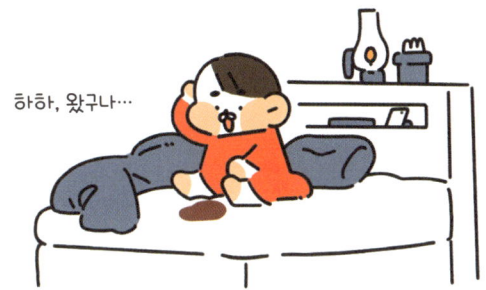

이 쾌적함을 조금이라도 더 오래 누리고 싶었다.

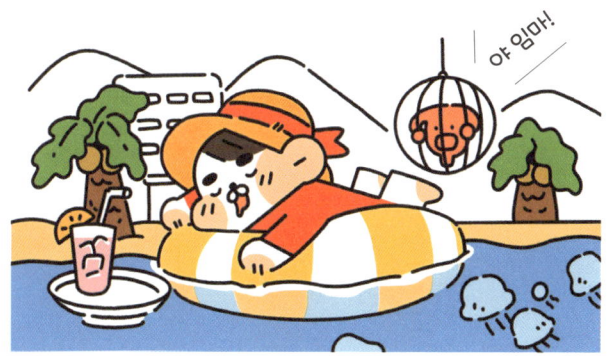

생리 중에는 그림도 안 그려지고
죽고 싶은데 몸이 안 움직여지니까 못 죽는 시간을 이틀 정도 보내고 나면
이번에는 이틀 동안 시간을 버렸다는 죄책감이 찾아온다.

주변의 이야기를 들어보니 생리 전(PMS)이나 생리 기간에
요리사들은 미각이 변해 맛을 느끼는 것이 달라지며,
운동선수들은 신체 능력이 떨어지고 부상을 입을 확률이 높아진단다.

선택하지 않았는데 찾아오는 감정적, 신체적 변화에 휘둘리지 않고
일상을 버텨내기 위해 들이는 노력을
비용으로 계산하면 얼마일까.

제
발
답
을
주
세
요

결국 생리 불순을 치료하기 위해 2주간 세 번,
여성의학과를 방문했다.

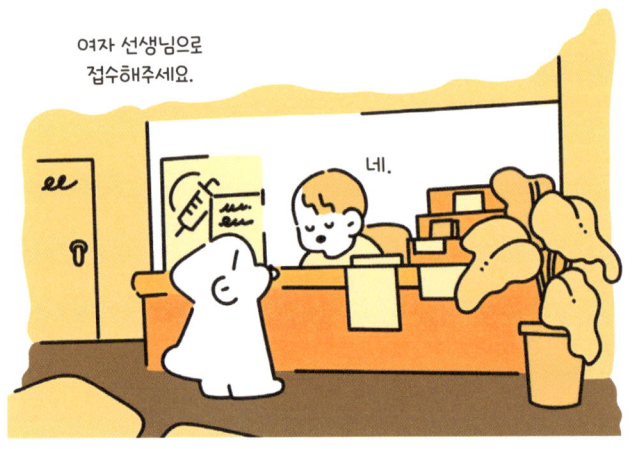

나는 정신적으로 꽤 몰려 있었고
'어떻게 하면 건강에 문제 없이 생리를 멈출 수 있을까'에만
관심이 있었다.

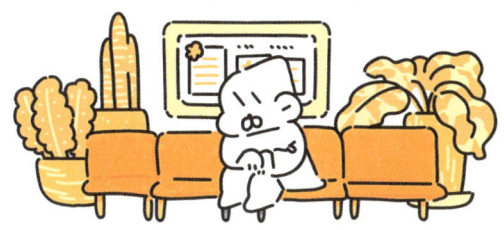

하지만 세 번의 방문에서 받은 답은 똑같았다.

아직 젊고, 나중에 아이를 가지려면
생리를 꼬박꼬박 해야 돼요.

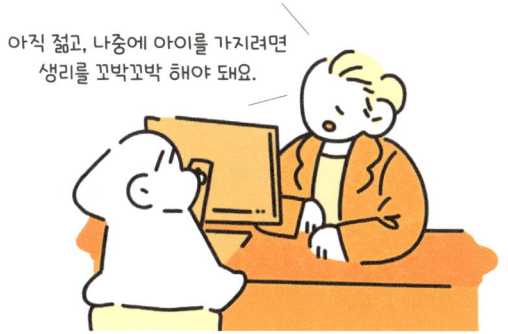

너무너무 화가 나서 자궁을
내 몸에서 떼버리고 싶다고 말했지만

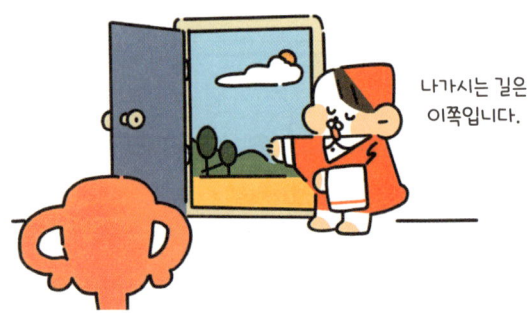

나가시는 길은
이쪽입니다.

돌아오는 답은 여전히 같아서
허탈하고 막막했다.

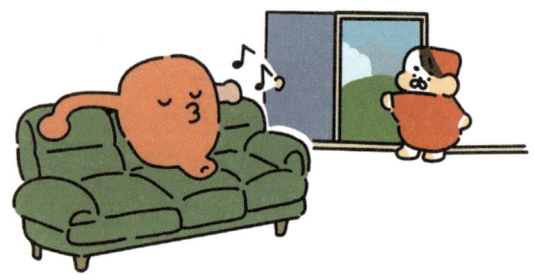

"젊으니까… 아이를 낳으려면…
생리를 해야 임신도 할 수 있고…"

병원에 왔는데 해답은 없이
고장난 채 재생되는 테이프를 듣는 기분이었다.

태어날지도 모르는 미래의 아기 대신
지금 불편하고 고통스러운 내 몸에
귀 기울여줬으면 좋겠다.

"이보시오, 의사 양반.
치료 방법이 뭔지 말해주시오!"

생리를 해야 하는 이유는
의외의 장소에서 듣게 되었는데

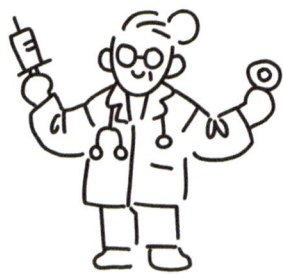

최대한 덜 아프게 백신을 맞기 위해 찾아갔던
소아과에서였다.

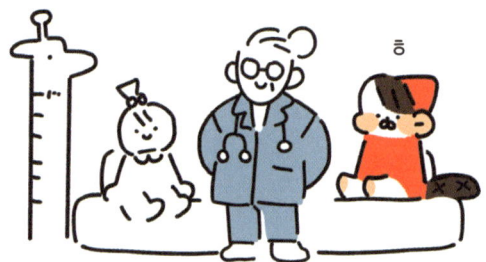

접종 전 간단한 문진을 하다가
우울증과 생리 불순 이야기를 했다.

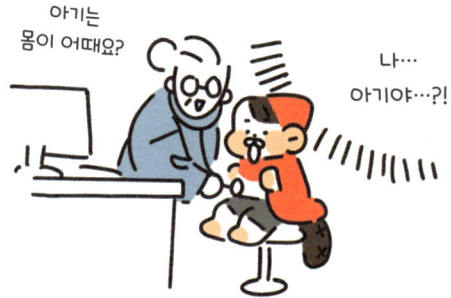

우울증이 나아지려면 호르몬이 원활하게 분비되어야 하기 때문에
생리를 꼬박꼬박 하는 것이 좋다는 설명을 들었다.

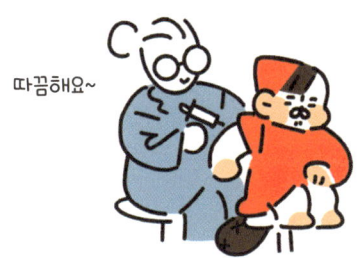

나를 위한 이유였다.
이 짧은 이유가 너무나 필요했다.

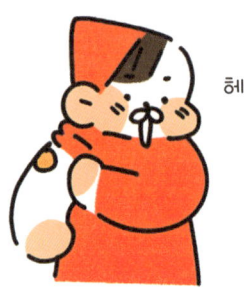

헤

생
리
의
장
점

어쨌건 자궁과 오래 함께 살아야 하니까
장점을 찾아보기로 했다.

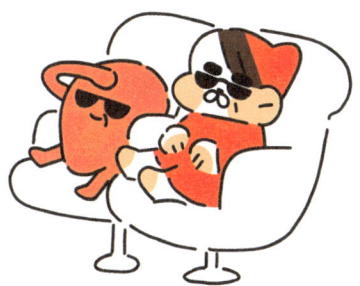

소아과에서는 호르몬 분비와 정신 건강을 위해
생리를 하는 게 필요하다는 답을 받았고

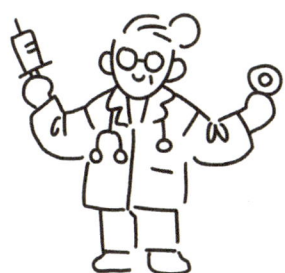

룸메와는 '한 달에 한 번, 몸 속의 노폐물을 배출하면서
스스로 건강 체크를 하는 기회인 것 같다'라는 이야기를 나눴다.

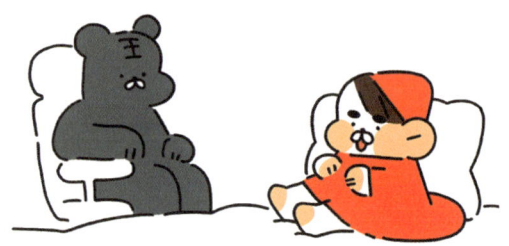

조금은 이 녀석이 괜찮아진 것 같다.

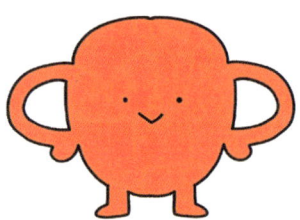

근육질이 되고 싶어

예전에 잠들 때마다 하던 생각이 있다.

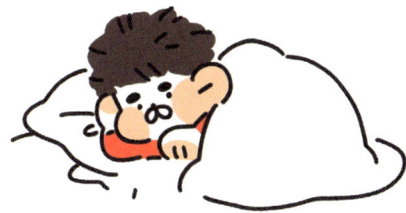

자고 일어났을 때
깡마른 몸이 되었으면 좋겠다는 생각이다.

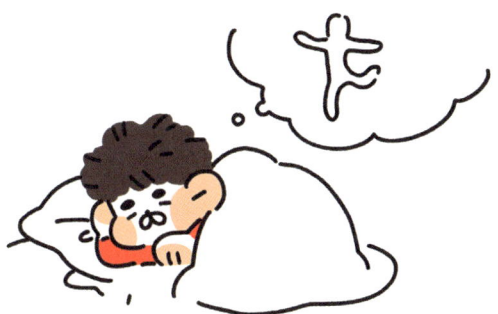

사실은 지금도 종종 자기 전에 생각을 한다.

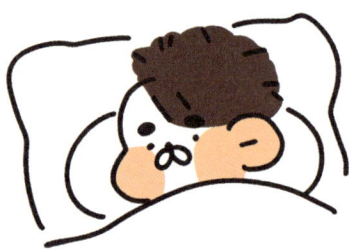

'근육질이 되었으면!' 하는 생각.

예   아

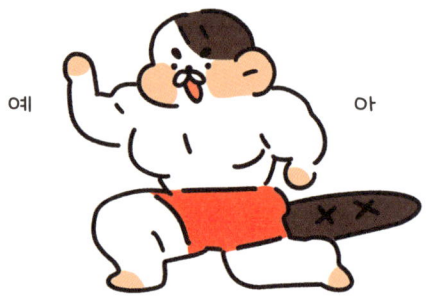

건
강
한

몸
이
란

'건강한 몸은 어떤 몸일까?'에 대한
질문을 받았다.

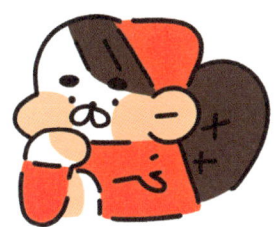

나는 잘 때 자고, 일어날 때 일어나고,
하고자 할 때 일을 할 수 있는 몸이라고 생각한다.

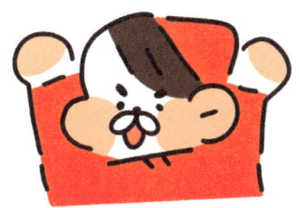

생각 1 ☞ 생리대는 국가에서 지원해주나요?

정부에서는 기초생활수급자, 한부모가정, 차상위계층에 속한 11~18세 여성 청소년에게 생리대를 지원하고 있어요. 주민센터나 읍·면사무소 또는 온라인 사이트 '복지로'에서 신청을 받아요. 2016년, 한 여성 청소년이 생리대를 살 형편이 안 되어 신발 깔창이나 신문지를 생리대로 썼다는 뉴스가 알려진 뒤 민간 후원 단체, 개인 후원자들도 생리대 후원 모금과 전달에 힘쓰는 중입니다.

하지만 생리대 지원 사업에 대해 모르거나 생리대를 지원받는다는 사실이 알려질까 주저하는 이유로 지원 대상인 13만 명 중 60%도 안 되는 인원이 신청한다고 해요. 복지 사각지대에 놓인 청소년들도 많고요.

한국의 생리대 가격은 OECD 36개 국가 중 1위(생리대 개당 평균 331원)인 만큼 구입비가 부담스러울 수 있어요. 우리나라의 여성은 1년간 약 10~15만 원 정도를 생리용품 구입에 쓴다고 해요. 생리 주기 5일 동안 하루에 5~7개의 생리대를 사용하면 평균 40년, 생리를 하는 동안 지불해야 하는 금액은 550만 원이 넘어요. 생리 주기가 길거나 양이 많으면 더욱 큰 비용이 들죠.

영국, 스코틀랜드, 프랑스, 뉴질랜드와 같은 나라에서는 청소년은 물론 생리를 하는 모든 여성에게 생리용품을 무상 제공하는 방향으로 보편적 복지를 확대하고 있다고 해요. 2021년에는 우리나라 국회에서도 모든 여성 청소년에게 생리용품을 지원하는 법안이 통과되었다고 합니다. 생리는 참고 싶다고 해서 참을 수 없고, 안 하고 싶다고 해서 안 할 수 없는 현상이니 누구나 걱정 없이 생리대를 사용할 수 있기를 바랍니다.

생리를 할 때 아랫배에 '찌르는 듯한', '욱신거리는', '쥐어짜는 듯한', '땡기는 듯한' 통증을 생리통이라고 불러요. 허리가 끊어질 듯 아프기도 하고, 골반이 콕콕 쑤시고 뻐근한 듯이 아프기도 하죠. 두통이나 등 또는 허벅지에 통증이 나타나기도 하며, 부종이나 몸살 기운과 같은 기력 저하 증상을 느끼기도 해요. 생리를 하는 여성의 50% 정도가 생리통을 겪는데 통증을 없애주는 약을 먹으려고 하면 "내성이 생겨서 나중에는 약을 많이 먹어도 효과를 못 본다", "진통제도 중독된다"라는 말을 들어서 고민하게 돼요.

하지만 약국에서 구할 수 있는 생리통약은 대부분 염증으로 인한 통증을 줄여주는 '소염 진통제'이기 때문에 내성이 생기지 않는다고 해요. 또 매일 먹는 것이 아니라 한 달에 1~2일, 하루에 3~4회 정도 복용하는 것이라서 중독 현상도 일어나지 않아요. 항생제처럼 내성을 일으킬 우려가 적으니, 억지로 생리통을 참지 않아도 돼요! 다만, 생리통의 증상에 따라 맞는 약제가 조금씩 다르니 약국에서 증상을 자세히 말한 뒤 생리통약을 구입하는 게 좋아요.

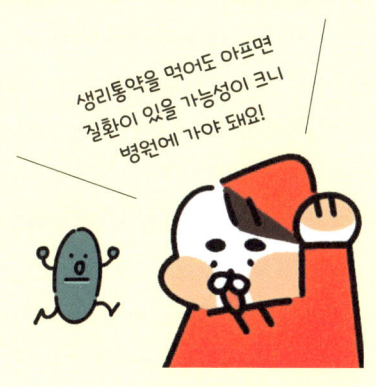

생리통약을 먹어도 아프면 질환이 있을 가능성이 크니 병원에 가야 돼요!

여기 토마토가 있다.
그리고 그 옆에도 토마토가 있다.

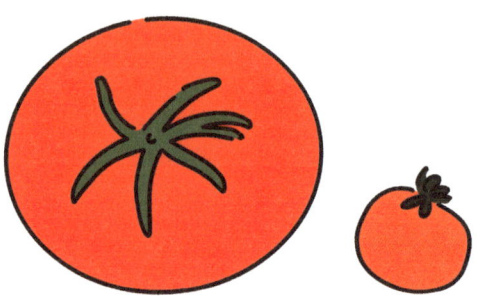

여기에도, 또 저기에도 토마토가 있다.

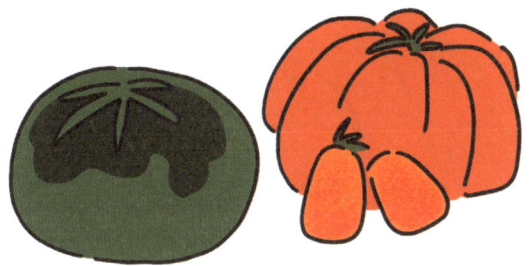

이름은 제각기 다르고
생김새도 맛도 조금씩 다르지만

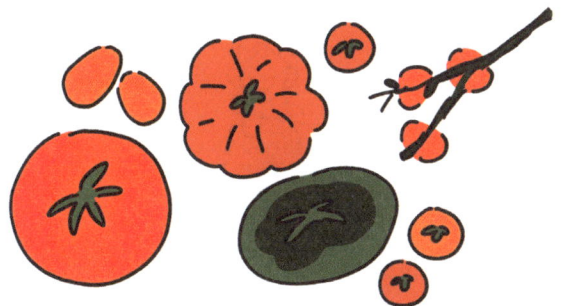

모두 '토마토'라고 불린다.

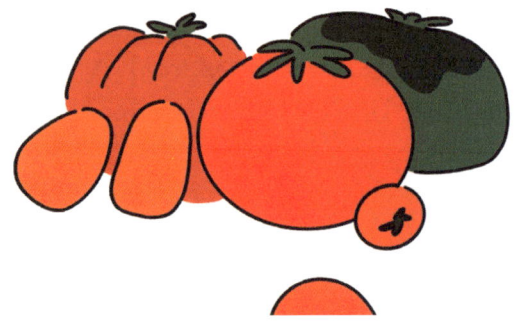

우리도 그렇다. 모두 사람이다.

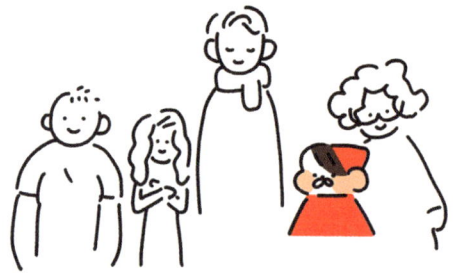

에필로그 2 – 좁디좁은 평균

좁디좁은 평균에 나를 끼워넣고 맞추는 건
정말 어려운 일이다.

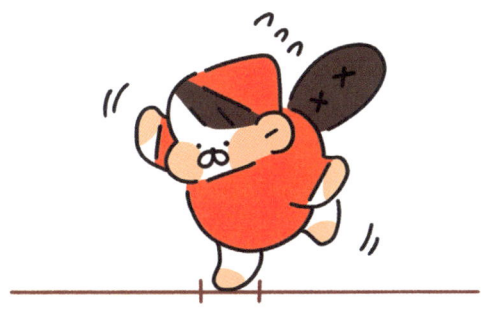

왜 이렇게 어려운지 생각하다가 평균을 맞추지 않아도
전혀 문제가 되지 않는다는 사실을 문득 깨달았다.

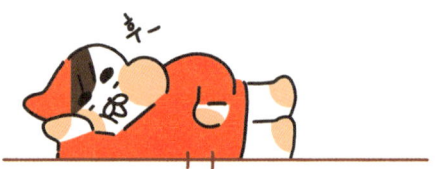

생김새는 제멋대로여도 맛 좋은
못난이 채소처럼 말이다.

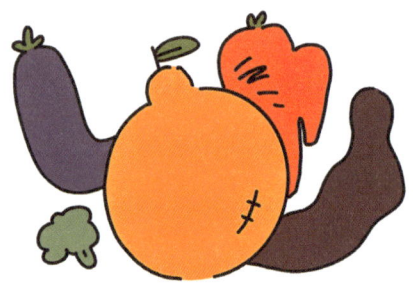

이 만화는 비만이 된 이후의 일상과
생각을 그린 것이다.

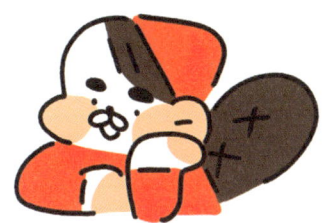

가벼운 마음으로 그렸는데 기대 이상의
뜨거운 관심과 공감에 깜짝 놀랐다.

에엑

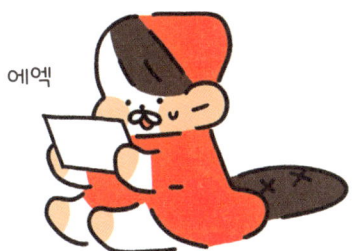

쏟아지는 관심과 공감에 감사하면서도
한편으로는 속상했다.

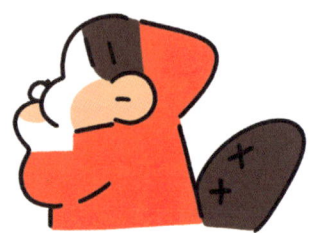

언젠가 이 만화에 그 누구도
공감하지 못 하는 때가 오기를 바란다.

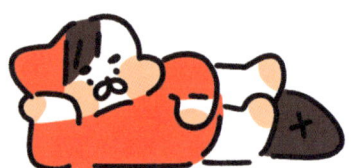

감사합니다.

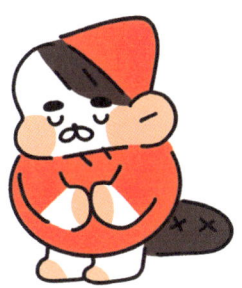

나는 100kg다

초판 1쇄 발행 2022년 3월 30일

지은이 작은비버
펴낸이 김영조
콘텐츠기획1팀 김은정, 김희현, 조형애
콘텐츠기획2팀 윤민영
디자인팀 정지연
마케팅팀 이유섭, 황수진, 구예원
경영지원팀 정은진
외부 스태프 디자인 문수미
펴낸곳 싸이프레스
주소 서울시 마포구 양화로7길 44, 3층
전화 (02)335-0385/0399
팩스 (02)335-0397
이메일 cypressbook1@naver.com
홈페이지 www.cypressbook.co.kr
블로그 blog.naver.com/cypressbook1
포스트 post.naver.com/cypressbook1
인스타그램 싸이프레스 @cypress_book
　　　　　　스티커 아트북 @cycle_book
출판등록 2009년 11월 3일 제2010-000105호

ISBN 979-11-6032-152-4　　13810

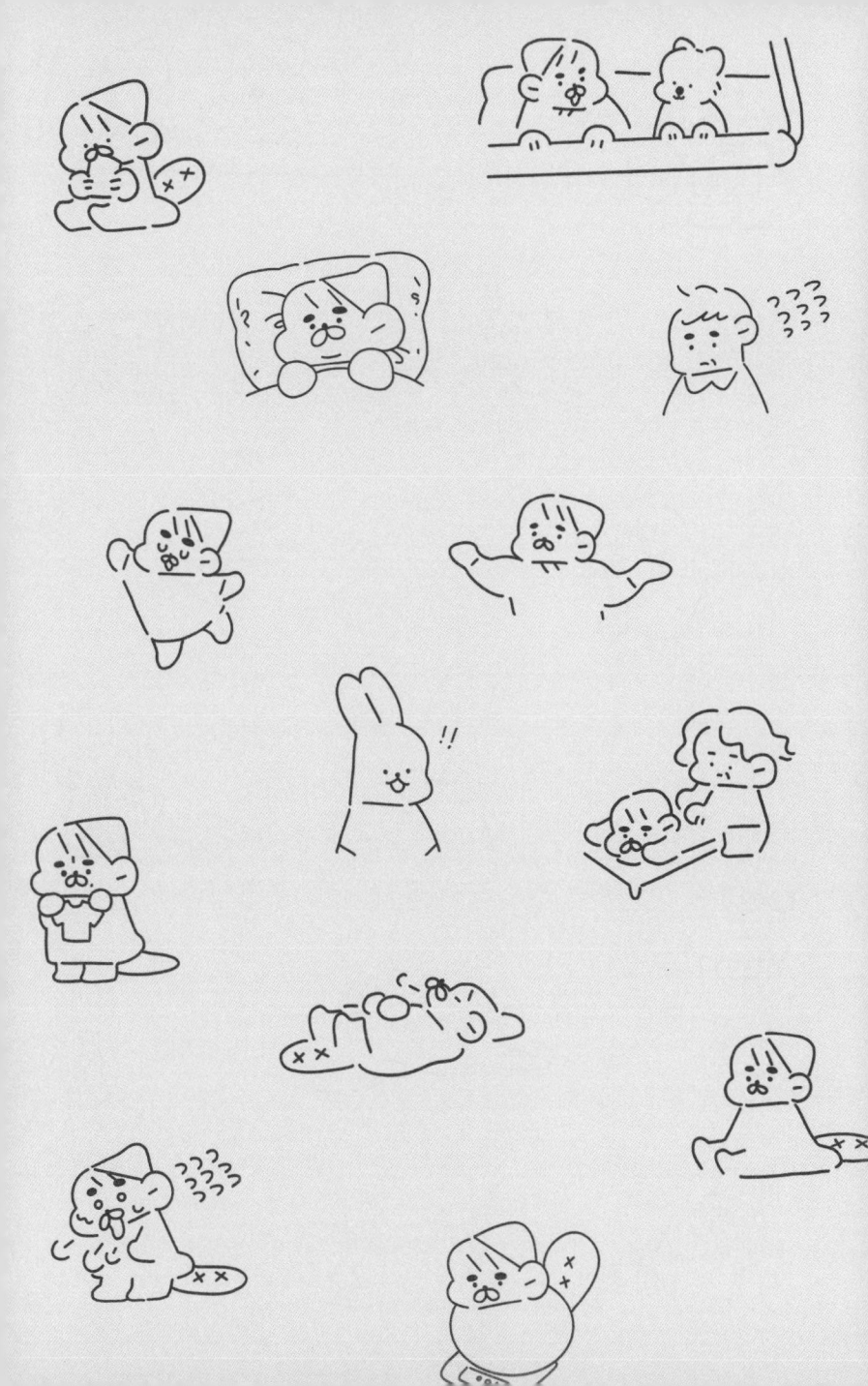

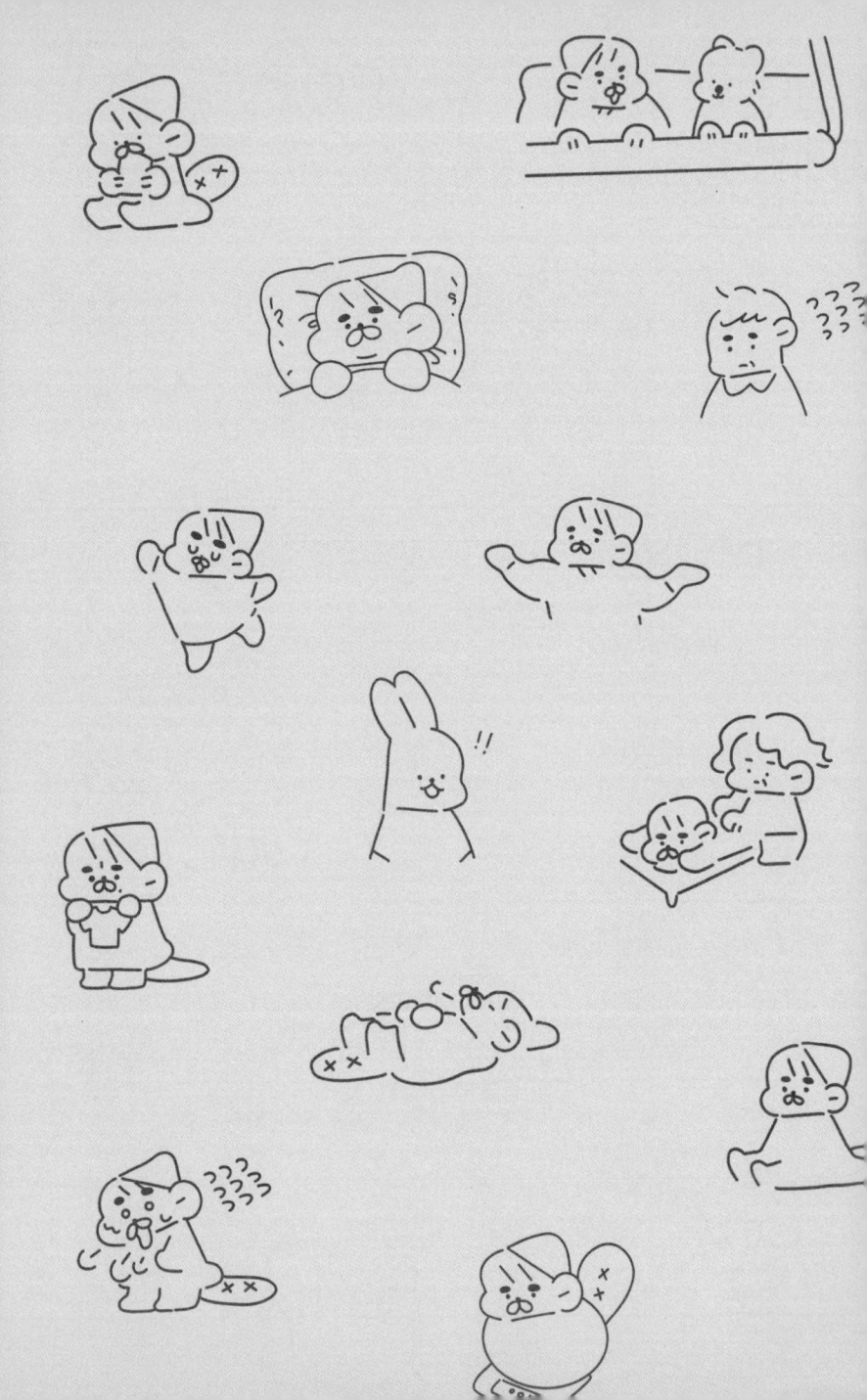